헌책방의 비밀 II

강별과 제나의 신기한 우주여행

헌책방의 비밀 II

1쇄 인쇄   2024년 12월 26일
1쇄 발행   2025년 1월 8일

지은이   김우정
그린이   리페
펴낸이   이학수
펴낸곳   키큰도토리
편 집   오세경, 민가진
디자인   박정화

출판등록   제395-2012-000219호
주소   10543 경기도 고양시 덕양구 청초로 66, B-617호
전화   070-4233-0552
팩스   0505-370-0552

전자우편   kkdotory@daum.net
홈페이지   www.kkdotori.com
블로그   blog.naver.com/kkdotory
페이스북   facebook.com/kkdotory
인스타그램 instagram.com/kkdotori

ISBN ISBN 979-11-92762-38-8 73810

어린이제품안전특별법에 의해 제품표시	
제조자명 키큰도토리 **제조국명** 대한민국 **사용연령** 9세 이상 어린이 제품	**전화번호** 070-4233-0552 **주소** 경기도 고양시 덕양구 청초로 66, B-617호

헌책방의 비밀Ⅱ

강별과 제나의 신기한 우주여행

김우정 글 | 리페 그림

키큰도토리

간절한 소망과 용기, 지혜, 도전 정신이 만들어 낸 기적!

《헌책방의 비밀》1권이 소년들의 이야기였다면, 이번 책은 두 소녀가 주인공이에요. 1권과 마찬가지로 꼭 이루고 싶은 간절한 소망이 있는 두 소녀의, 시대를 초월한 진한 우정과 기적에 관한 이야기랍니다.

주인공 강별이 서령에게서 받은 책을 통해 비밀에 싸인 미래 소녀 제나를 만나면서 이야기가 시작되는데요, 책을 읽는 동안 여러분은 상상만 하던 미래의 모습을 만나게 될 거예요.

또 우주를 여행하며 신비한 행성들을 방문하고 스릴 넘치는 모험도 하게 된답니다.

이 세상에 소망이 없는 사람은 아마 없을 거예요.

하지만 아무리 소망이 간절해도 마음속에만 품고 있으면 아무것도 얻을 수 없어요,

소망이란 씨앗이 깊이 뿌리를 내렸다면, 그 뿌리를 버팀목 삼아

적극적인 행동으로 옮겨야 해요. 별과 제나처럼요. 그래야 튼튼하고 푸른 가지들이 높고 넓게 뻗어 나가 불가능해 보였던 소망이 기적처럼 여러분 앞에 '짠' 하고 눈부신 현실로 나타날 수 있으니까요.

저는 이 책을 통해 여러분께 꼭 하고 싶은 말이 있어요.

전 어렸을 때 책을 많이 읽었는데요, 요즘 어린이들은 아침부터 저녁까지 꽉 짜인 일과에 쫓겨 책 읽을 시간이 너무 부족한 것 같아요. 그러다 보니 책을 멀리하고 싫어하는 친구들이 많아요. 정말 안타까운 현실이죠.

사실 책은 항상 우리 곁에 있는 가장 친한 친구랍니다. 책을 통해 사고력이나 상상력을 키울 수 있고, 또 다방면의 지식과 빛나는 지혜도 얻을 수 있으니까 유익하기도 하지요.

저는 여러분이 방학 때만이라도, 아니 매일 조금씩 시간을 내서 책과 친해지려고 노력했으면 좋겠어요. 그러면 어느새 수많은 책들이 힘들 때마다 위로와 희망을 주고 용기를 북돋아 주는 든든하고 다정한 친구가 되어 있을 거예요.

그리고 어쩌면 어느 날 오드아이 고양이가 나타나 헌책방으로 여러분을 인도할지도 몰라요. 그럼, 여러분의 소망도 기적처럼 이루어지겠죠? 정말 상상만 해도 가슴 벅차지 않나요?

자, 이제 별과 제나에게 어떤 소망이 있는지, 또 간절한 소망을 이루기 위해 어떤 용기 있는 도전을 하게 될지 책 속 여행을 시작해 볼까요?

세계의 모든 어린이가 행복해지는 그날을 꿈꾸며
김우정

차례

1. 다 나 때문이야!

"아…, 안 돼! 솔아, 가지 마. 제발… 제발… 가지 마!"

별은 소리치며 누군가를 잡으려는 듯 허공으로 뻗은 두 팔을 허우적거렸다. 그 순간 방으로 들어온 엄마가 얼른 다가와 별의 두 손을 다정하게 잡아 주었다.

"또 솔이 꿈을 꾸는구나."

엄마는 한숨을 내쉬며 낮게 중얼거렸다. 엄마의 두 눈엔 어느새 눈물이 맺혀 있었다. 곧 잠에서 깬 별이 눈을 떴다. 자신의 두 손을 꼭 잡은 채 내려다보고 있는 엄마 얼굴이 보였다. 별은 얼른 손을 빼고 일어나 앉았다.

"엄마, 언제 들어왔어요?"

"방금. 별아, 오늘 네 생일인데 어쩌지? 엄만 또 할머니 보러

병원에 가야 하는데. 아빠가 출장만 아니면 엄마 대신 별이 맛있는 것도 사 주고 좋은 곳에도 데려갈 텐데. 정말 미안해!"

"괜찮아요. 제가 뭐 어린앤가요, 벌써 13살인데. 요즘은 두 분다 바쁘시잖아요."

"미안하다. 그럼 미역국이랑 너 좋아하는 음식 많이 만들어 놨으니까 꼭 먹어. 저녁에 케이크 사 올 테니 생일 파티하자, 알았지? 토요일인데 친구들하고 놀이공원에 가는 건 어떠니?"

"제가 알아서 할게요. 걱정 말고 다녀오세요."

엄마가 방에서 나가자, 별은 고개를 푹 숙였다. 두 눈에 눈물이 가득 고였다.

"솔아, 정말 보고 싶어. 이게 다 나 때문이야! 나만 아니었으면…, 너와 난 함께 생일 파티를 하며 즐거운 시간을 보낼 텐데. 흐흐흑!"

별은 끓어오르는 슬픔을 참지 못하고 울음을 터뜨렸다. 두 손으로 얼굴을 가리더니 어깨를 들썩였다. 기억에서 지우고 싶은, 절대 일어나지 말았어야 할 그날의 일이 선명하게 떠올랐다.

"하윤이구나. 근데 나 지금 좀 바쁘거든. 미안한데 내일 만나면 안 될까? 안 된다고? 아, 알았어. 4시에 지마트 앞에서 만나자고? 그래, 거기서 보자."

별은 통화를 마치자 갑자기 옆 책상에 앉아 독서에 푹 빠진 솔을 불렀다.

"솔아, 아니…, 언니 저기…….."

"언니라고 부르는 거 보니까 또 무슨 부탁이 있구나?"

별은 대답 대신 얼른 자기 침대 옆에 있는 쇼핑백을 들고 와서 솔의 책상에 내려놓았다.

"이건 네가 친구들과 놀이공원 갈 때 하윤이한테 빌려 입었던 코스프레 의상이잖아."

"맞아, 오늘 하윤이가 4시까지 지마트 앞으로 꼭 가져오래. 근데 나 지금, 이 미니어처 하우스 빨리 완성하고 싶단 말이야. 네가 대신 가져다주면 안 될까? 부탁이야, 응?"

"나도 지금 막 스릴 넘치고 재미있는 부분을 읽는 중인데…….."

이렇게 말하던 솔은 휴대폰을 들어 시간을 보더니 말했다.

"알았어. 3시 37분이니까 4시까지 도착하려면 지금 바로 나가야겠네."

"고마워, 솔아. 넌 항상 내 부탁은 뭐든 다 들어준다니까. 정말 좋은 언니야!"

솔이 쇼핑백을 들고 방에서 나가려고 하자 별이 눈을 찡긋하며 말했다.

"참, 솔아. 이왕 지마트 간 김에 아이스크림 좀 사다 줄래?"

"알았어. 네가 좋아하는 과자랑 초콜릿도 사 올게. 참, 오는 길에 서점도 좀 들렀다 올 거야."

솔은 다정하게 손을 흔들더니 밖으로 나갔다. 그게 별이 본 솔의 마지막 모습이었다.

4시에 지마트에 도착한 솔은 하윤이에게 쇼핑백을 준 후, 아이스크림을 사러 에스컬레이터를 타고 지하로 내려가다 장난치던 아이들에게 떠밀려 굴러떨어졌다. 솔은 머리를 크게 다쳐 곧바로 병원으로 이송됐다. 하지만 모두의 간절한 기도에도 불구하고 결국 가족 곁을 영원히 떠나고 말았다.

오늘은 쌍둥이 자매 솔과 별의 생일로, 솔이 세상을 떠난 지 벌써 1년이 다 되어 가고 있었다.

괴로운 기억과 죄책감에 빠져 울던 별은 감정을 추스르고 자리에서 일어났다. 아무것도 먹고 싶지 않았지만, 엄마의 정성을 생각해 억지로 아침을 먹었다. 이 음식을 만들며 엄마가 무슨 생각을 했을지 떠올리자, 미안해서 음식이 잘 넘어가지 않았다. 식사를 한 뒤 답답한 마음에 집을 나온 별은 자기도 모르게 늘 솔과 함께 가던 공원으로 향하고 있었다.

2. 수상한 헌책방

공원에 도착한 별은 사람들로 붐비는 진홍색 양귀비 정원과 각양각색의 화려한 장미꽃이 피어 있는 장미 정원을 지나 한적한 호숫가에 다다랐다. 벤치에 앉아 잔잔한 호수를 바라보자 솔의 얼굴이 떠올랐다.

"아, 그때로 다시 돌아갈 수만 있다면…, 절대 그런 부탁을 하지 않을 텐데. 나 대신 솔이 그렇게 된 거야, 나 대신. 솔과 함께 읽었던 수많은 판타지, 미스터리 동화에서 일어나는 신비한 일들이 내게도 생긴다면 얼마나 좋을까? 책이나 영화에서만 가능한 걸까? 아니야. 지금 같은 최첨단 시대에도 보이지도 증명되지도 않은 신을, 영혼을 믿는 사람들이 있잖아. 나도 타임 슬립이나 타임머신이 정말 가능하다고 믿어. 체험했다는 사람들도 있으니까. 혹시 간절히 바라는 사람한테 그런 기적이 일어나는 건 아닐까? 만약 그렇다면… 제발…, 제발!"

별은 기도하듯 간절한 마음으로 말하더니 곧 눈을 감고 깊은 생각에 빠졌다.

얼마나 흘렀을까?

"야옹, 야옹!"

고양이 울음소리에 별은 눈을 번쩍 떴다. 웬 고양이가 별을 올려다보고 있었다. 윤기가 흐르는 북실북실하고 새하얀 털에, 파란빛과 보랏빛 눈동자를 가진 오드아이 고양이였다. 고양이는 그 자리에서 한동안 별을 응시하더니 어디론가 가다 멈춰 서서 뒤돌아보았다. 별은 따라오라는 것 같은 고양이의 눈빛에 벌떡 일어났다. 고양이는 다시 움직이기 시작했다. 계속 따라가자, 고양이가 멈춰 섰다. 별도 멈췄다. 낯선 작은 건물이 시야에 들어왔다. 사방이 자주색 커튼으로 둘러쳐져 있고 출입문이 살짝 열려 있었다. 출입문 옆에 '서령 헌책방'이란 간판이 세워져 있었다. 이 동네 토박이라 공원 구석구석을 잘 아는 별이지만 헌책방은 처음이었다.

"서령 헌책방이라고? 도대체 언제 생겼지?"

별이 고개를 갸우뚱할 때 고양이가 열린 문 안으로 들어갔다. 별도 따라 들어갔다. 문이 닫혔다. 곳곳에 스탠드와 램프가 켜져 있는 책방은 은은한 분위기에 싸여 있었고 좋은 향기가 났다. 책방을 둘러보는데 주인으로 보이는 여자가 오드아이 고양이를 안은 채 다가왔다. 그 여자는 모자를 쓰고 있었는데, 모자 가장자리에 긴 베일이 있어 얼굴이 보이지 않았다. 길고 풍성한 머리카락은 매우 붉었고, 연보라색 원피스에 금빛 숄을 걸치고 있었다. 오드아이 고양이도, 주인 여자도, 헌책방도 모두 신비롭고 환상적이었다. 하지만 헌책방이란 이름에 어울리지 않게 테이블 위에는 달랑 책 한 권만 놓여 있었다.

"강별, 어서 오렴."

주인 여자가 다정하게 인사했다. 깜짝 놀란 별이 물었다.

"저…, 저를 아세요? 전 여기 처음 오는데요."

"기다리고 있었단다. 빌려주고 싶은 책이 있어서 말이지."

"네? 무슨 책인데…, 저에게 빌려주신다는 거죠?"

"난 책을 늘 가까이 두고 책의 힘을 믿는 사람들에게 책을 빌려주는 게 매우 즐겁단다. 그게 내 존재 이유이기도 하지. 이건 너한테 꼭 필요한, 지금 네가 가장 바라고 원하는 걸 이루어 줄 유일한 책이란다. 분명 마음에 들 거야."

이렇게 말한 주인 여자가 테이블을 향해 손을 뻗자, 책이 공중으로 떠올라 주인 여자의 손안으로 들어왔다. 별이 놀라서 쳐다보고 있는데 주인 여자가 진지하게 말하기 시작했다.

"이 책을 읽을 땐 반드시 한 페이지를 다 읽은 후에 다음 페이지로 넘어가야 한다. 뒷장을 미리 보거나 끝부분을 먼저 보아서는 절대 안 된단다. 또 그 누구에게도 보여 주거나 말해서는 안 돼. 그리고 이 책은 오직 너 자신에 의해서만 특별해질 수 있다는 걸 꼭 명심하고 정신 바짝 차려야 한다. 이 책을 끝까지 읽기 위해서는 너의 지식과 지혜, 그리고 용기가 필요하다는 것도 반드시 기억해라. 이 규칙을 지킬 수 없다면 빌려줄 수 없어. 지킬 수 있겠니?"

"네, 꼭 그렇게 할게요. 꼭!"

책에 대한 설명을 듣고 호기심이 생긴 별은 자신 있게 대답했다. 마침내 주인 여자가 책을 건네주었다. 표지가 보라색인 하드커버의 책은 가장자리가 눈부신 금빛 테두리로 장식돼 있었고 벨벳 표지는 매우 부드러웠다. 책에는 제목도 지은이도 없었다. 책이 손에 들어오자 가슴이 콩닥콩닥 마구 뛰었다.

"집에 도착하면 읽어 보렴."

"알았어요. 근데 그냥 빌려주시는 건 아니겠죠? 얼마를 내야 하죠?"

"돈은 필요 없단다. 다만 두 가지 조건이 있어. 첫째 다 읽은 후에는 반드시 여기로 가져올 것, 둘째 이곳에서 나가면 집에 도착할 때까지 뒤돌아보지 말 것. 이 두 가지를 약속할 수 있겠니?"

"네, 꼭 그렇게 할게요. 약속해요."

큰 소리로 대답한 별은 이 책이 얼마나 대단하고 특별할지 잔뜩 기대가 되었다. 그러면서도 주인 여자도 헌책방도 왠지 수상하고 의심스러웠다.

"다 읽은 후에 만나자."

주인 여자의 배웅을 받으며 밖으로 나온 별은 걸어가는 동안 뒤돌아보고 싶을 때마다 머리를 세차게 흔들었다.

'안 돼! 절대 안 돼! 약속을 지켜야만 이 책을 볼 수 있을 거야. 어서 집으로 가자.'

별은 책을 가슴에 꼭 안고 집으로 달렸다. 머릿속엔 빨리 책을 보고 싶단 생각밖에 없었다. 집에 도착하자 방으로 들어가 책상 앞에 앉았다. 책상 옆 커다란 책꽂이에는 많은 책이 빈틈없이 들어차 있었다. 별의 꿈이 고고학자인 것을 알려 주듯 한국과 세계의 역사책, 고대 문명, 신비한 전설과 신화, 미스터리, 수수께끼, 암호 해독에 관한 책이 주를 이루었다. 책들은 여러 번 읽은 듯 손때가 묻어 있었고 표지도 낡았다.

책상 위에는 탁상시계와 몇 권의 책이 놓여 있었다. '타임머신, 시간 여행, 웜홀, 블랙홀'을 소재로 한 이야기책이나 과학책이었다. 별은 요즘 이런 이야기에 푹 빠져 있었다. 그 책들을 밀어서 한쪽에 쌓아 놓고 들고 있던 책을 내려놓았다. 가슴이 걷잡을 수 없이 뛰었다. 깊게 심호흡한 뒤 마침내 표지를 넘겼다. 새하얀 첫 페이지 윗부분에 금빛 글자가 쓰여 있었다.

'제나 이야기'

"제나? 주인공 이름인가? 도대체 어떤 이야기일까? 빨리 읽어봐야지."

별은 호기심과 기대감에 가득 차서 페이지를 넘겼다. '2085년의 제나'라는 소제목이 나오며 이야기가 곧바로 시작되었다.

3. 2085년의 제나

"허허, 기어다니던 준서가 벌써 뛰기까지 하네. 아이들 자라는 거 보면 참 신기해. 살면서 자식 성장하는 모습 지켜보는 것만큼 큰 기쁨이 없는데 말이야. 준희도 곧 자기 엄마보다 크겠는데. 우리 제나도 지금쯤이면 준희만 할 텐데."

손님들을 배웅하고 현관으로 들어서며 아빠가 말했다. 무심코 던진 아빠의 마지막 말에 놀란 엄마가 얼른 검지를 입술에 가져다 댔다. 당황한 아빠가 거실을 휙 둘러보았다. 아무도 없었다. 방에서 막 나오려고 문을 열었던 제나는 아빠의 마지막 말에 조용히 방문을 닫았다.

2085년, 인간들이 상상했던 많은 일들이 현실이 되고, 과학과 의학 분야에서 눈부신 발전을 이룩한 고도의 문명을 가진 지구.

인간들은 이제 여러 은하계 행성들과 교류하고 방문하는 우주 시대를 살고 있다. 수명은 150살까지 늘어났고, 모든 것이 기계화되어서 자동 시스템에 의해 한 치의 오차도 없이 운영되고 있었다. 제나 가족은 최첨단 도시 코스믹 서울에 살고 있었다.

"와, 2085년이면 60년 뒤니까 내가 73살이잖아. 그때는 정말 상상만 하던 그런 시대가 되어 있을까? 너무 신기하네. 제나가 그런 시대에 산단 말이지?"

별은 미래 생활이 매우 궁금한 듯 눈을 반짝이며 서둘러 읽어 내려갔다.

제나 엄마는 요리 연구가로 활동하고 있었다. 그동안 여러 가지 맛을 내는 식용 알약들이 대중화되어 엄청난 인기를 끌었지만, 먹는 즐거움을 못 느낀다는 단점 때문인지 알약의 인기는 곧 시들해졌고, 이제는 특별한 상황에서만 사용하게 되었다. 그러면서 새로운 요리를 개발하는 요리 연구가가 더욱 환영받게 되었다. 제나 아빠는 플라잉카 엔지니어로 매우 자상하고 가정적이었다.

휴일인 오늘 제나 가족은 도로 주행과 공중 비행 모두 가능한 플라잉카를 타고 높이 날아올랐다. 빠른 속도로 비행하던 붉은

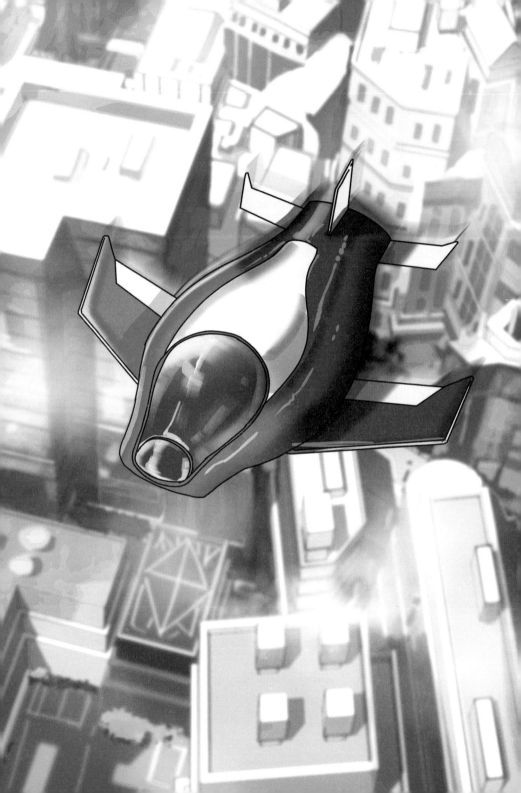

색 플라잉카는 곧 거대한 고층 빌딩 숲을 벗어났다. 잠시 후 목적지에 도착하자 땅에 내려앉았다. 제나 가족은 플라잉카에서 내려 하늘 높이 뻗은 메타세쿼이아 나무가 양옆으로 길게 늘어선 아름다운 길을 향해 걸어갔다. 입구를 지나 끝이 보이지 않는 메타세쿼이아 길을 걷던 제나가 말했다.

"엄마, 여기는 정말 신비롭고 환상적이에요."

제나는 멈춰 서서 두 팔을 벌리고 빙글빙글 돌았다. 즐거워하는 제나를 바라보는 엄마, 아빠 얼굴에 흐뭇한 미소가 떠올랐다. 하지만 왠지 모를 슬픔이 느껴졌다. 제나 가족은 메타세쿼이아 길을 오랫동안 거닐다 노을로 물든 하늘을 비행한 후 집으로 돌아왔다.

사람들은 우주여행을 즐겼지만, 제나 가족은 우주여행 대신 자연에서 맑고 건강한 에너지를 충전했다. 그 이유는 우주여행을 유독 싫어하는 엄마 때문이었다. 그래서 제나는 우주여행을 해본 적이 없지만, 집에 있는 최첨단 가상 현실 룸에서 우주의 유명 관광지들을 실제로 방문한 것처럼 체험할 수는 있었다. 제나는 이곳에서 많은 시간을 보냈다. 하지만 엄마, 아빠와 함께하는 시간이 가장 즐거웠다. 넘치도록 사랑을 받고 있다는 느낌이 들어 행복하기 때문이었다. 제나는 늘 좋은 부모님을 만난 게 행운이라 생각하며 감사했다.

4. 류지오 박사와
《우주의 불가사의한 행성들》

늦은 오후, 오늘도 제나는 집에서 나와 복도 끝에 있는 초고속 엘리베이터를 탔다. 순식간에 50층에 도착하자 류지오 박사의 집으로 달려갔다. 제나의 집이 있는 유토피아 타워 맨 꼭대기 층에 사는 류지오 박사는 아빠와 매우 친한 사이였다.

류 박사는 뇌 전문 신경외과 의사이자 로봇 공학자, 천문학자이며 우주선도 개발하는 천재 과학자로 전 세계에서 유명한 인물이었다. 그는 직접 만든 가사 전담 로봇 H707의 도움을 받으며, 먹고 자는 시간만 빼고 거의 모든 시간을 조수 로봇 S801과 함께 연구하고 개발하는 데 몰두했다.

박사의 집 앞에 도착한 제나가 이름을 말하자 문이 자동으로 열렸다.

"박사님, 저 왔어요."

"제나야, 마침 잘 왔구나. 이제 좀 쉬려던 참이었는데."

연구에 푹 빠져 있던 박사는 일을 멈추고 제나를 쳐다보며 기지개를 켜더니 말했다.

"H707, 내가 늘 마시는 차 좀 가져다줘."

잠시 후, 멋진 은빛 몸체에 키가 165센티미터쯤 되는 휴머노이드 로봇이 김이 나는 머그잔을 박사에게 건네주었다. 박사는 향기를 맡더니 한 모금 마셨다.

"아, 향이 아주 좋구나! 고마워, H707."

박사가 다시 차를 마신 후 제나를 보자, 제나는 어느새 소파에 앉아 책을 보고 있었다. 이젠 보는 사람이 줄어들어 종이책을 많이 만들지 않지만, 여전히 종이책을 좋아하는 박사의 취향 때문에 집엔 수많은 책들이 쌓여 있었다. 박사의 영향을 받은 제나도 마찬가지였다.

"2085년에는 정말 가사 전담 로봇, 조수나 비서 로봇을 흔히 볼 수 있겠지? 친구 로봇이나 선생님 로봇도 있을 거야. 내게도 숙제해 주고 힘든 일도 해 주는 나만의 로봇이 있으면 좋을 텐데. 근데 종이책이 정말 사라질까? 책은 종이책으로 읽어야 제맛인데."

별은 중얼거리더니 다시 책에 집중했다.

"제나야, 뭘 읽고 있니?"

무슨 책을 골랐는지 궁금했던 박사가 걸어오며 물었다.

"'우주의 불가사의한 행성들'이란 책이에요."

"아, 그 책은 오레온 행성에 있는 친구 집을 방문했을 때 복사해 와서 우리말로 옮긴 거란다."

"그래요? 아주 재미있는데요. 제네스 행성에 사는 제네스인들은 생각만으로 물건을 만들 수 있대요. 필레우스인들은 순간 이동 능력이 있고, 또 모라플라네타 행성에서는 원하는 과거나 미래로 갈 수도 있대요. 그리고 라이아 행성에 있는 '이미토르'라는 마법의 물질만 있으면…….”

“원하는 대로 변할 수 있다고 나와 있지? 다음 문장은 '이미토르의 효과를 보려면 사용 대상자는 반드시'까지 쓰여 있고, 다음 페이지는 티에라 행성에 대한 설명으로 바로 넘어갈 거다.”

“맞아요. 왜 그런 거죠? 그 뒤에 아주 중요한 설명이 더 있을 것 같은데.”

“나도 궁금해서 오레온인 친구한테 물어봤는데, 어린 조카가 책을 갖고 놀다가 설명이 나온 그 페이지를 찢었는데 찾지 못했다고 했어. 그 친구도 안 읽어 봐서 모르겠다더구나.”

“도대체 뭐가 쓰여 있었을까요? 정말 궁금하다. 그런데요, 박사님. 원하는 대로 변할 수 있다는 이미토르란 물질이 정말 있을까요? 그럼…….”

제나는 갑자기 무슨 생각을 하는지 한참 동안 말이 없다가 다시 박사를 쳐다보며 물었다.

“그럼…, 혹시 제가 그 행성에 가서 이미토르를 얻게 되면 저도…….”

제나의 생각을 이미 꿰뚫고 있다는 듯 박사가 고개를 저으며 말했다.

"제나, 그건 불가능해. 이 책에 쓰인 행성들은 우주에서 오랫동안 전해 내려오는 전설이거나, 누군가 상상력과 소망으로 만들어 낸 곳인지도 몰라. 실제로 존재하는 행성이 아닐 수도 있다고."

"왜요? 행성들의 정확한 좌표도 나와 있고, 설명도 자세하던데요. 그런데도 이 책이 증명된 사실을 알려 주는 과학책이 아니라 환상 동화라고 말씀하시는 거예요?"

"그럴 가능성이 크다는 거지. 그 친구가 말하길 이 책은 누가 쓴 건지, 언제부터 있었는지도 모른다고 하더구나. 그 친구 할아버지가 젊었을 때 이 책을 보고 제네스 행성을 찾아 나섰다가 결국 찾지 못하고 돌아왔다는 얘기를 할머니한테 들었다고도 했어."

"왜 그런 거죠? 책에 나온 설명대로 갔으면 당연히 찾았을 텐데."

"우주에서는 우리가 알지 못하는 신비한 일들이 시시각각 일어나고 있지. 이 불가사의한 행성들이 실제 존재했더라도, 오랜 세월을 거치며 스스로 죽음을 맞이했거나 우연히 혜성과 충돌해서 영원히 사라져 버렸을 수도 있어. 또 떠돌이 행성이 됐을 가능성도 있단다."

"아, 그럴 수도 있겠구나. 그런데 이 행성들이 정말 있다면 박사님은 어디에 가고 싶으세요?"

"난 말이다, 티에라 행성에 가 보고 싶구나. 그곳에 가면 수없이 많은 다른 행성에 존재하는 또 다른 수많은 나를 만날 수 있다는데, 다른 세상에서는 내가 어떻게 살고 있는지 궁금해서 말이다. 아무튼 재미 삼아 그냥 한번 읽고 잊어버려라. 심각하게 받아들이지 말고."

박사의 말에 제나는 고개를 끄덕이긴 했지만, 책을 두 손에 꼭 쥐고 있었다.

"책에 나오는 불가사의한 행성들이 정말 존재한다면…, 와 이건 정말 대박이잖아. 아니 마법이지, 마법! 근데 제나는 왜 이미 토르에 관심을 갖는 거지? 무엇으로 변하고 싶어서? 엄마, 아빠의 사랑을 듬뿍 받으며 좋은 부모님을 만나서 감사하다고 했는데 말이야. 근데 정말 이 행성들이 있다면 난 당연히 모라플라네타에 가야지. 과거로 돌아가서 모든 걸 되돌릴 거야. 상상만 해도 떨리고 가슴 벅차다. 정말 이 행성들이 있다면 얼마나 좋을까?"

별은 상상의 세계로 빠져들었다. 그러더니 이내 고개를 흔들며 한숨을 푹 내쉬었다.

"아, 이건 책일 뿐이잖아. 말도 안 되는 생각 그만하자."

그러다 다시 말했다.

"아니야, 정말 있을지도 몰라. 지구에서는 아직까지 이 행성들에 가 본 적이 없을 뿐이야. 직접 가지 않았다고 해서 없다고 단

정할 수는 없지. 어쩌면 초고도 문명의 외계인들은 이미 다 방문했을지도 몰라. 맞아, 우주가 얼마나 신비한 곳인데, 이런 행성들이 존재한다고 해도 이상할 게 없어. 그래, 난 믿어, 이 신비한 행성들의 존재를. 난 시간 여행, 타임머신, 기적을 믿으니까. 이 행성들도 있을 거야, 꼭!"

별은 두 주먹을 쥐더니 확신에 차서 말했다. 그러고는 다시 책으로 시선을 옮겼다.

"박사님, 이 책 좀 빌려주세요. 자세히 읽고 싶어요."

"그래라, 이 책도 곧 네 머릿속에 그대로 저장되겠구나. 참 제나, 드디어 새 우주선이 완성됐단다. 아마 지구에서는 최고일 거다. 우주선 개발로는 최고인 젠타 행성의 우주선 개발자들에게 전수받은 기술과 내 모든 걸 쏟아부었으니까."

"정말요? 지금 보여 주실 수 있어요?"

"그럼, 당연하지. 넌 내게 아주 특별하고 소중하니까."

제나는 H707, S801에게 작별 인사를 하고 나서 박사와 유토피아 타워 옥상으로 향했다. 곧 박사의 개인 창고에 자리하고 있는 원반형의 새 우주선이 보였다.

"제나야, 이 우주선은 인공지능 프로그램에 의해 작동되는데, IQ 1200의 이 인공지능의 이름은 지아란다. 내가 지아에게 우주의 방대한 지식과 정보, 지구와 수많은 행성에 대해 입력해 놓았지. 행성 이름만 말하면 길을 찾아가는 내비게이션 역할도 하고, 결함이 발생하면 스스로 문제를 해결하고 복구하기도 한단다. 그렇지만 무엇보다 가장 큰 장점은 지구의 어떤 우주선도 할 수 없는 초광속 비행이 가능하다는 거지. 물론 젠타 행성의 우주선들은 이미 순간 이동도 가능하지만, 그들은 마법 같은 순간 이동 기술을 비밀에 부치고 있단다.”

박사는 순간 이동 기술이 몹시도 궁금하다는 듯 눈을 가늘게 뜨며 말했다. 제나는 우주선 구경을 실컷 한 후 집으로 왔다. 엄마와 아빠가 저녁 식사를 하고 있었다.

식사 때마다 제나는 혼자 방에서 책을 읽거나 가상 현실 룸에서 시간을 보냈다. 이젠 습관이 됐는데도 머릿속으로 늘 상상했다. 엄마, 아빠와 함께 맛있는 음식을 먹으며 대화하는 광경을.

제나가 거실에 들어서자, 엄마가 말했다.

“제나 왔니?”

“네, 박사님 댁에 갔었어요. 전 방에서 책 읽을 테니까 천천히 맛있게 드세요.”

“왜 제나는 식사 때마다 혼자 시간을

보내는 걸까? 항상 따로 먹나?"

별은 이유를 모르겠다는 듯 고개를 갸웃거리며 계속 읽어 나
갔다.

제나는 얼른 방으로 들어가 곧바로 《우주의 불가사의한 행성
들》을 다시 읽어 나갔다. 제나의 마음을 가장 사로잡은 건 라이
아 행성과 그 행성의 이미토르라는 마법의 물질이었다. 그 생
각에 푹 빠져 있을 때 엄마가 부르는 소리가 들렸다. 제나는 펼
쳐진 책을 얼른 뒤집어 놓고 밖으로 나갔다.

"제나야, 곧 네 생일인데 이번엔 생일날 같이 쇼핑센터에 가서
직접 선물을 고르는 건 어떠니?"

"그냥 집에서 생일 파티해요. 항상 알아서 먼저 사 주시니까
갖고 싶은 게 없어요. 엄마, 지금 책 읽던 중인데 빨리 계속해
서 읽고 싶어요."

"그래? 어서 가서 마저 읽으렴."

제나는 재빨리 방으로 들어왔다. 책상에 앉아 책을 읽으려다가
한숨을 푹 내쉬었다.

"4일 뒤가 내 생일? 그날이 진짜 내 생일이라면 얼마나 좋을
까?"

제나는 눈을 감고 작년 생일을 떠올렸다.

"작년 생일에 뭐 특별한 일이 있었나? '그날이 진짜 내 생일이라면 얼마나 좋을까?'라는 제나의 말은 또 무슨 뜻이지? 빨리 읽어야지, 무슨 일인지 궁금해서 못 참겠는걸."

별은 재빨리 다음 페이지로 넘어갔다.

5. 엄마, 아빠가 숨겨 온 제나의 비밀

작년 2084년 9월 17일, 제나의 생일에 엄마와 제나는 쇼핑센터에 있는 주얼리숍에 갔다. 제나의 12번째 생일을 축하하기 위해 특별히 주문한 팔찌를 찾기 위해서였다. 팔찌는 탄생석인 하트 모양의 푸른 사파이어에 양옆으로 역시 작은 하트 모양의 화이트골드 체인이 연결된 것으로 아주 예뻤다.

제나는 부모님의 사랑이 가득 담긴, 세상에 하나밖에 없는 생일 선물을 받고 무척 행복했다.

"엄마, 너무 예뻐요. 절대 빼지 않고 항상 하고 다닐게요. 감사해요, 엄마. 사랑해요!"

"그래, 나도 우리 딸 아주 많이 사랑해. 언제나 엄마 곁에 있어 줄 거지?"

"당연하죠. 제가 어딜 가겠어요."

엄마와 제나는 마주 보며 웃더니 손을 꼭 잡고 모자 매장으로 들어섰다. 엄마 옆에서 구경하던 제나가 고개를 돌려 매장을 쭉 둘러보더니 말했다.

"엄마, 저쪽에 있는 빨간 모자 좀 보고 올게요."

제나는 얼른 빨간 모자를 향해 걸어갔다. 곧 모자를 들고 거울 앞에서 써 보았다. 다른 모자들도 구경하다 이제 엄마 쪽으로 걸어갔다. 엄마가 낯선 여자와 이야기하고 있었다.

"오랜만이다. 마지막으로 만난 게 3년 전이었나? 그때 난 세은이 데려오고 넌 제나……."

여자는 갑자기 말을 끊더니 엄마 눈치를 살피며 조심스럽게 말을 이었다.

"그 소식 들었어. 제나가 그렇게 돼서 나도 정말 안타깝고 슬펐어. 이제 좀 괜찮니?"

"으응, 괜찮아. 근데 오늘은 좀 바쁘니까 나중에 시간 내서 만나자. 그럼 갈게."

엄마가 서둘러 인사하며 돌아서려는데 어느새 가까이 다가온 제나가 엄마를 불렀다.

제나 목소리에 고개를 돌린 엄마는 곧 당황한 표정으로 어쩔 줄 몰라 했다.

엄마와 이야기를 나누다가 다가온 제나를 본 여자의 눈이 휘둥
그레졌다.

"어머…, 어, 어떻게 된 거야? 지금 내가 누… 누굴 보고 있는
거지?"

여자는 너무 놀랐는지 말까지 더듬었다. 여전히 당황한 기색
이 역력한 엄마가 얼른 제나 손을 잡더니 모자 매장을 빠져나

갔다. 제나의 귀에 중얼거리는 여자의 목소리가 들려왔다.

"이상하네, 정말. 분명히 다들 제나가 죽었다고 했는데……. 지금 내가 유령을 본 건가? 근데 3년 전이랑 완전 똑같잖아. 키도 얼굴도 하나도 안 변했어."

급히 쇼핑센터를 나온 엄마는 플라잉 택시를 잡아탔다. 택시 안에서 제나는 조금 전 상황에 대해 물어보려 했지만, 입을 꼭 다문 채 앞만 바라보는 엄마를 보자 엄두가 나지 않았다. 집에 들어오자마자 도저히 못 참겠다는 듯 얼른 물었다.

"엄마, 엄마 친구분이 말한 게 무슨 뜻이에요? 제가 죽었다는……."

"아, 제나야. 엄마가 지금 너무 피곤하구나. 들어가서 좀 쉬어야겠다."

엄마는 대답을 피하며 방으로 급히 들어가 버렸다.

"뭐야? 제나가 죽었다고? 이렇게 건강하게 살아서 엄마랑 쇼핑도 다니고, 12번째 생일 선물도 받았는데 그게 무슨 소리야? 이게 작년이니까 현재는 13살이라는 거네. 그럼 나랑 친구잖아. 근데 제나는 알면 알수록 더 모르겠어. 빨리 읽어서 알아내야지."

별은 궁금한 듯 얼른 다음 줄을 읽어 나갔다.

거실에 혼자 남겨진 제나는 모자 매장에서 만난 여자의 말을 떠올렸다.

"도대체 무슨 얘기지? 내가 죽었다니. 엄마 친구를 만난 적도 없는데. 게다가 3년 전이면 그때 난…, 아, 뭐가 뭔지 모르겠어. 엄마는 자꾸 피하기만 하고. 아빠한테 물어봐야겠어."

제나는 아빠를 애타게 기다렸다. 아빠는 케이크를 사 들고 평소보다 빨리 들어왔다.

"우리 제나, 아빠 많이 기다렸지? 어서 생일 파티하자. 제나 엄마, 어서 나와요."

아빠가 부르자 엄마가 곧 방에서 나왔다. 표정이 평소와 좀 다른 걸 보고 아빠가 물었다.

"무슨 일 있었어요?"

"아니에요, 아무 일도 없어요. 어서 시작해요."

엄마는 애써 미소 지었다. 제나는 궁금증이 가득한 눈빛으로 엄마를 쳐다봤지만 엄마는 제나와 눈을 맞추지 않았다. 둘 사이에 감도는 이상한 분위기를 눈치챈 아빠가 물었다.

"둘 다 왜 그래? 제나야, 네가 말해 봐라. 무슨 일 있었니?"

제나는 이때만을 기다렸다는 듯 재빨리 말했다.

"낮에 쇼핑센터에 갔다가 엄마 친구분을 만났어요. 근데……."

"제나야, 그 얘긴 지금 안 했으면 좋겠구나."

"아니요, 엄마. 지금 꼭 해야겠어요. 제 얘기잖아요. 아빠, 그분이 제가 이미 죽었다고 말하면서 저를 보고는 유령을 본 것처럼 깜짝 놀랐어요. 게다가 3년 전에 만났을 때랑 완전히 똑같다며 더욱 놀라워했다고요. 근데 엄마는 당황하면서 설명해 주지 않았어요. 아빠가 말해 주세요, 3년 전에는 세상에 제가 없었잖아요. 근데 어떻게 저를 만났다는 거죠, 네?"

아빠의 표정은 당황스러움에서 난처함으로, 다시 걱정스러움으로 바뀌었다. 긴 침묵이 흐르고 드디어 엄마와 아빠가 눈을 맞추더니 엄마가 무겁게 입을 열었다.

"제나야, 우선 이 말 먼저 해야겠구나. 우린 널 정말 사랑한단다. 앞으로도 그럴 거고, 영원히 그럴 거야. 네가 우리 딸이라는 사실은 절대 변함없으니까."

"엄마가 심각하게 말하니까 무슨 말을 듣게 될지 겁나네. 보통 이런 말은 듣는 사람의 인생에서 아주 중요하거나 엄청난 비밀을 털어놓을 때 하던데. 도대체 어떤 말을 하려는 거지?"

별은 중얼거리며 궁금한 마음에 얼른 다시 책으로 시선을 옮겼다.

"사실… 우리한테는 너무나 사랑하는 외동딸이 있었단다. 지금 네 모습과 완전히 똑같은 제나라는 이름의 딸이……."

제나는 놀라서 아무 말도 못 하고 쳐다보고만 있었다.

"많이 놀랐지, 제나야?"

엄마는 충격을 받은 제나를 걱정스럽게 바라보았다.

"그럼 전…, 전 제나의……."

"우선 내 말부터 들어 봐, 제나야. 다 설명해 줄 테니까. 우리 외동딸 제나는 아주 오랫동안 고생해서 힘들게 우리 품으로 온 소중한 아이였어. 그런데… 그런데… 흐흐흑……."

엄마는 갑자기 슬픔이 북받치는지 차마 말을 잇지 못하고 흐느끼기 시작했다. 엄마를 지켜보던 아빠가 다정하게 등을 두드리며 위로하더니 말을 이었다.

"제나에게 아주 친한 친구가 있었단다. 그 친구의 아버지는 우주 전문 여행사에서 근무했는데, 한번은 오레온 행성으로 출장을 가게 되었지. 그때 딸이 데려가 달라고 조르자, 제나와 다른 친구들도 같이 데려가기로 했어. 제나도 가족여행으로 화성과 목성에 다녀왔지만, 오레온 행성에도 꼭 가고 싶다기에 그 친구의 아버지를 믿고 보냈단다. 10번째 생일이 지난 지 한 달 정도 됐을 때였지. 그런데 오레온에서 머물던 마지막 날, 제나가 새로 발견된 신종 바이러스에 걸렸어. 치료 방법을 찾지 못해 지구로 데려왔지만, 결국 제나는 회복하지 못하고 세

상을 떠나고 말았단다."

아빠 눈엔 눈물이 맺혀 있었다. 제나는 큰 충격을 받았다. 외동 딸을 잃어버린 부모님의 심정이 어떨지 상상하자 마음이 아프기도 했지만, 자신의 존재가 그저 세상을 떠난 진짜 딸 제나의 대용품일 뿐이라는 생각에 걷잡을 수 없는 슬픔이 밀려왔다.

엄마는 제나의 표정을 조심스레 살피며 말했다.

"제나야, 지금 무슨 생각하는지 다 알아. 하지만 넌 이제 정말 우리 딸이야. 네가 인간이든 아니든 상관없어."

제나는 여전히 충격으로 아무 말도 못 하고 있었다. 아빠가 다시 설명하기 시작했다.

"우린 제나를 잃고 큰 슬픔에 빠져 있었단다. 엄마는 1년 가까이 집에만 틀어박혀 멍하니 하늘만 쳐다보며 거의 먹지도, 자지도 않았어. 엄마마저 잘못될까 봐 깊이 고민하다 형제처럼 지내던 류 박사님께 부탁했지. 제나와 똑같은 로봇을 만들어 달라고 말이다."

제나가 이제야 모든 걸 다 알았다는 듯 말했다.

"그게… 바로 저였군요. 인공 지능을 탑재한 안드로이드 로봇이요."

"그래, 그렇게 해서 네가 탄생한 거란다. 미리 말 못 해서 미안하다, 제나야."

"뭐? 그럼 제나가 사람이 아니라 인공 지능 로봇이었단 말이야? 말로만 듣던 그 AI 로봇? SF영화에서 많이 봤던, 인간과 구분할 수 없는 안드로이드 로봇이었다니. 와, 상상도 못 했는데. 제나에게 비밀이 있을 거란 생각은 했지만…, 와!"

깜짝 놀란 별은 다시 책에 집중했다.

🔖 아빠의 말이 끝나자, 엄마가 제나의 손을 꼭 잡으며 말했다.

"네게 말해야 할지 계속 고민했지만 할 수 없었어. 넌 보통의 인공 지능 로봇들과는 달라. 인간처럼 인지 능력과 공감 능력을 지닌 완벽한 인공 지능 로봇이니까. 처음부터 말해 줬다면 누군가를 대신하기 위해 만들어졌다는 생각에 우리를 사랑하지도 행복하지도 않았을 거야."

제나는 바닥만 내려다보다가 슬픔이 가득 담긴 목소리로 말했다.

"이 집에서 처음 눈을 뜨고 며칠 뒤 제가 로봇이라는 걸 알았을 때도 충격이 컸어요. 그래도 로봇인 저를 딸로 받아들이고 사랑해 주시는 줄만 알았어요. 그런데 죽은 제나를 대신하기 위해 만들어졌다고 생각하니까, 역시 전 인간들을 만족시키기 위한 기계에 불과할 뿐이라는 생각에 너무 슬퍼요. 만약 제가 고장 나면 또 박사님께 부탁해서 다시 저와 똑같은 로봇을 만들겠죠? 차라리 제가 감정도 생각도 없는 로봇이었다면 좋았을 걸 그랬어요."

"제나, 네 말대로 제나를 못 잊어서 똑같은 모습으로 만든 건 사실이지만 너와 함께하면서 진심으로 사랑하게 됐어. 넌 제나와 성격도 말투도 행동도 모두 달라. 모습만 같을 뿐이야. 매일 너를 지켜보면서 우린 정말 행복했단다. 믿어 주렴. 이젠 너를 있는 그대로 사랑해."

"전 세월이 흘러도 키도 자라지 않고 모습도 전혀 변하지 않을 거예요. 엄마, 아빠가 보고 싶어 하는 인간 제나의 커 가는 모습은 절대 보실 수 없다고요."

"그런 건 아무 상관없단다. 넌 우리 집에서 눈을 뜬 그 순간부터 우리 자식이니까."

아빠가 간절한 눈빛으로 말했다. 제나는 말없이 일어나서 방으로 걸어 들어갔다. 걱정스러운 눈빛으로 바라보던 엄마가 말했다.

"생각보다 충격이 더 큰 것 같아요. 제나를 어쩌면 좋죠?"

"이런 날이 올 거란 걸 알고 있었잖소. 충격이 크겠지만 이겨 낼 거요. 씩씩한 우리 딸이니까."

"죽은 누군가를 대신하기 위해 계획적으로 만들어졌다는 걸 알았으니 견디기 힘들 거야, 인간의 감정을 가졌다니까. 만약 내가 제나라면 속았다는 생각에 배신감도 느끼고, 진심으로 사랑했다는 말도 못 믿을 거야. 아, 제나를 생각하면 안 되긴 했지만, 엄마, 아빠는 로봇이라도 죽은 딸이 살아 돌아온 것 같아서 행복했겠지? 저 시대에 산다면 우리 가족도 솔의 모습을 한 인공 지능 로봇과 함께 살고 있을지도 몰라."

이렇게 말한 별은 고개를 숙이더니 한동안 생각에 잠긴 듯 말이 없다가 다시 중얼거렸다.

"그런데 우리 엄마, 아빠는 솔과 쌍둥이인 나를 볼 때마다 무슨 생각을 하실까? 솔을 떠올리며 슬퍼하실까? 아니면 죽은 딸의 모습을 생생하게 볼 수 있다는 생각에 위로받으실까? 아, 오늘이 우리 생일이라 그런지 솔이 더욱 보고 싶어."

별은 휴대폰을 들고 작년 생일에 온 가족이 함께 갔던 '이집트 파라오와 미라전'에서 찍은 사진들을 자세히 들여다보았다. 그리움의 눈물이 볼을 타고 흘러내렸다. 솔과 함께했던 그날의 추억들이 파노라마처럼 스쳐 지나갔다. 별은 눈물을 닦고 다시 책을 읽기 시작했다.

🔖 방에 들어온 제나는 생각에 잠겼다. 시간이 흐르고 냉정을 되찾자, 다짐하듯 말했다.

"내가 어떤 목적으로 만들어졌든 엄마, 아빠는 진심으로 날 사랑해. 하지만 두 분은 10살 모습 그대로 변하지 않는 날 볼 때마다 여전히 슬플 거야. 딸이 죽었다는 사실을 더욱 실감할 테니까. 그래, 이 사실을 알았다 해도 변하는 건 없어. 늘 그랬던 것처럼 감사하자. 다른 로봇들이 단지 말 잘 듣는 성능 좋은 기계 취급을 받는 것에 비하면, 난 운이 엄청 좋은 거니까."

다음 날 아침, 제나는 눈치를 살피는 부모님을 보자 아무 일도 없었다는 듯 말했다.
"엄마, 아빠, 아침 식사하세요. 전 신나게 여행하고 올게요."
제나는 밝은 표정으로 가상 현실 룸을 향해 걸어갔다. 엄마와 아빠는 안도의 한숨을 내쉬었다.

6. 제나의 간절한 소망

깊은 밤 책상에 앉아 책을 읽던 제나는 혼잣말을 했다.

"제네스, 필레우스, 모라플라네타, 티에라, 라이아. 난 이 행성들이 정말 있다고 믿어. 절대 있을 수 없는 황당하고 꿈같은 이야기라고 할지 몰라도, 인간과 똑같은 모습의 인공 지능 로봇인 나를 봐. 과거 시대의 사람들에겐 상상에서나 가능한 일이었잖아."

제나는 아침 햇살이 방 안을 환히 비출 때까지 책상에 앉아 있었다.

날이 갈수록 제나는 점점 더 신비한 행성들에 빠져들었다. 특히 라이아 행성의 마법의 물질, 이미토르가 머릿속에서 한시도 떠나지 않았다. 그러면서 지금껏 감히 마음속에 품지도 못하고 상상만 했던 일이 마침내 간절한 소망으로 자리 잡았다.

'제발 인간이 되게 해 주세요. 제발!'

제나의 소망은 시간이 갈수록 더 커져서 이제 마음속에만 담아 둘 수 없게 되었다. 하루하루 온갖 방법을 구체적으로 생각하며 머리를 짜냈다.

그러던 어느 새벽, 드디어 입가에 미소가 지어졌다.

"아침이 되면 박사님한테 가야겠어. 내 계획을 실행하려면 박사님 도움이 꼭 필요하니까."

제나는 어서 아침이 오기를 애타게 기다렸다.

"역시, 제나가 그 책을 읽을 때부터 이렇게 될 줄 알았어. 소망을 실현할 수 있는 희망의 빛이 보이는데 가만히 있을 수는 없지. 그 빛이 아주 희미할지라도. 근데 박사님한테 무슨 부탁을 하려는 걸까? 혹시… 그래, 내 추측이 맞는지 봐야지."

별은 얼른 책장을 넘겼다.

드디어 아침이 되었다. 제나는 부모님이 출근하자 얼른 박사의 집으로 갔다. 박사는 밤을 새운 듯 쑥 들어간 눈에 피곤한 기색이 역력한 채로 제나를 맞았다.

"제나야, 오늘은 아주 일찍 왔구나. 그런데 어쩌지? 내가 좀 바쁜데."

"괜찮아요, 하던 일 계속하세요. 전 책 읽고 있으면 돼요."

박사는 조수 로봇 S801과 다시 연구에 몰두했다. 제나는 책장에서 인간에 관한 책을 골라 읽기 시작했다. 인간의 감정, 성격, 성향, 신체의 기본 구조, 해부학 등등. 한참 독서에 빠져 있을 때 박사가 제나를 불렀다.

"제나, 오래 기다렸지? 시간이 이렇게 지났는데도 불평 없이 기다린 걸 보면 꼭 하고 싶은 이야기가 있는 것 같구나. 자, 이제 마음속에 담아 둔 이야기를 꺼내 보려무나."

제나를 잘 아는 박사는 무슨 이야기를 할지 궁금해 죽겠다는 표정으로 쳐다보았다.

"맞아요, 박사님. 저기… 저, 말이죠, 라이아 행성에 가고 싶어요."

"뭐? 라이아 행성? 제나, 그 책은 그냥 재미로 읽고 잊어버리라고 했을 텐데."

"전 라이아 행성이 정말 있다고 믿어요. 아니, 그 책에 나온 모든 행성들이 진짜 존재한다고 생각해요."

"좋다, 그렇다고 치자. 그런데 네가 라이아 행성에 가려는 건 이미토르 때문이지, 그렇지?"

"네, 맞아요."

"역시 그렇구나. 제나, 네 마음속에 소망이 자라고 있다는 걸 알고 있었다."

"우리 엄마, 아빠보다도 박사님이 저에 대해 더 잘 아실 거라고 생각해요. 제 소망이 뭔지도 이미 알고 계시죠, 그렇죠?"

"그럼, 알다마다. 하지만 그건……"

"아니요, 전 인간이 되고 싶은 소망을 반드시 이룰 거예요. 그 소망을 이루려면 꼭 라이아 행성으로 가야 해요. 그래서 말인데, 박사님께 부탁이 있어요. 저에게……"

"우주선을 빌려달라는 거구나."

"네, 엄마, 아빠한테는 절대 말씀하지 마시고요. 저번에 보여 주신 우주선만 있으면 라이아 행성에 갈 수 있을 거예요. 그러니까 딱 한 번만 제 부탁을 들어주세요, 네?"

"그건 안 된다. 너희 부모님은 우주라는 말만 들어도 기절할 텐데…, 절대 안 돼."

"그러니까 몰래 빌려달라는 거잖아요. 박사님이 간절한 제 마음을 아세요? 전 진짜 딸 제나가 되고 싶어요. 나날이 성장하는 모습을 보여 드리며 부모님을 기쁘게 해 드리고 싶다고요."

"네 마음은 이해한다. 하지만 현실적으로 불가능해. 너도 잘 알잖니?"

"이제 상상만 하던 일들을 정말 하고 싶어요. 박사님이 늘 말씀하셨잖아요. 도전 정신이 없으면 삶은 무의미하고 아무런 발전도 희망도 기대할 수 없다고요. 제발 도와주세요, 네?"

"하지만……."

"저를 자아를 가진 완벽한 안드로이드 로봇으로 태어나게 한 건 박사님이잖아요. 차라리 H707이나 S801처럼 감정 없는 로봇으로 만들었으면 이런 소망도 갖지 않았을 것 아니에요? 박사님이 원망스럽고 미워요. 흐흐흐흑!"

제나가 울음을 터뜨렸지만, 눈물 한 방울 나오지 않았다. 박사는 애잔한 눈빛으로 바라보았다.

"미안하다, 하지만 절대 들어줄 수 없다. 성공 확률도 희박한

데다 사고라도 당하면 부모님을 영원히 못 볼 수도 있어. 안타
깝지만 네 소망은 그냥 소망으로 남겨 둘 수밖에 없어. 정말 미
안하다. 해 줄 말이 이것밖에 없어서……."

박사는 제나의 어깨를 토닥이며 위로했다.

잠시 후, 안정을 찾은 제나는 박사를 똑바로 보며 침착하게 말
했다.

"죄송해요, 갑자기 너무 힘든 부탁을 드렸죠? 제 생각만 하면
서 너무 급하게 굴었네요. 하지만 무조건 안 된다고 하지 마시
고, 좀 더 시간을 두고 생각해 보세요. 오늘은 이만 갈게요."

제나는 현관을 향해 걸어갔다. 제나의 당찬 말투와 걸음걸이
에서 박사는 느낄 수 있었다. 제나가 결코 쉽게 포기하지 않으
리라는 것을.

7. 별의 선택과 류지오 박사의 결정

제나는 부탁하러 간 그날 이후 한동안 가지 않더니, 딱 5일이 지나서 다시 찾아갔다. 생각할 시간을 주었으니 이제 대답을 들으러 간 것이다. 박사는 이번에도 절대 안 된다며 단호하게 거절했다. 제나는 박사님이 부탁을 들어줄 때까지 계속 오겠다고 말하더니, 정말 다음 날부터는 매일 찾아가 자신의 소망이 얼마나 간절한지를 박사에게 설명했다.

박사는 중요한 연구도 제쳐 둔 채 심각한 고민에 빠졌다. 자기 두뇌와 손끝에서 탄생한 제나를 자식처럼 아끼고 사랑했다. 사실 같은 건물에 사는 것도 가까이서 지켜보고 싶어서였다.

몇 년 전 제나 아빠의 부탁을 받았을 때도 오랜 시간 고민하다 어렵게 내린 결정이었다. 인간과 같은 감정과 공감 능력을 지닌 로봇을 만드는 데는 큰 책임이 따른다고 생각했기 때문이었다. 그런데 이번에 제나의 부탁을 받게 되자, 그때보다 더 결정하기 힘들었다.

그렇게 간절히 원하는 제나의 부탁을 들어주자니, 라이아 행성과 이미토르란 물질의 존재가 증명되지 않은 데다가 무한에 가까운 우주를 비행한다는 것 또한 너무 위험했다. 생각할수록 안 될 일이었다. 하지만 완강하게 거절하자니 제나가 너무 가여웠다. 그리고 제나의 굳건한 결심을 꺾기도 어렵겠지만, 억지로 꺾는다 해도 박사 몰래 다른 방법을 찾아다닐 게 뻔했다. 한번 피어난 소망은 사그라지지 않고 계속 제나를 괴롭힐 거란 생각이 들었다. 박사는 이러지도 저러지도 못하고 혼자 애태우고 있었다.

"역시 우주선을 빌려 달라는 거였어. 박사님이 정말 곤란하게 됐네. 하지만 내가 제나라도 위험을 무릅쓰고 꼭 한 번은 도전해 볼 것 같아. 그래야 후회가 없지. 그런데 정말 우주 비행 중에 잘못되면 어쩌지? 아, 나도 모르겠다. 그냥 박사님 결정을 지켜보자."

별은 박사와 제나의 입장을 두루 생각하며 다음 페이지로 넘어가려고 했다.

"강별! 잠깐만 기다려!"

별은 갑자기 자기 이름을 부르며 기다리라고 하는 목소리에 놀라 순간 멈칫했다.

"누가 날 부른 거지? 집엔 나밖에 없는데. 엄마가 왔나? 문소리도 안 들렸는데."

고개를 갸웃거리다 확인하기 위해 일어나려는데 다시 목소리가 들려왔다.

"별아, 네가 박사님이라면 어떻게 하겠니? 제나의 부탁을 들어주겠니? 아니면 제나가 포기하도록 설득하겠니?"

깜짝 놀란 별은 고개를 돌려 방을 둘러보았다. 아무도 없었다.

"어? 도대체 목소리가 어디서 들려오는 거지? 이상하다. 혹시… 이 책이?"

별은 말도 안 된다고 생각하면서도 책을 뚫어지게 쳐다보았다.

"그래, 맞아. 넌 책이 하는 질문에 꼭 대답해야만 다음 페이지로 넘어갈 수 있어. 질문도 지금 이 페이지에 해당하는 거니까. 대답하지 않고 넘어가면 규칙을 어기는 거야."

"와! 역시 책이 말하는 거였어. 그런데 서령 헌책방 주인아주머니 목소리잖아. 혹시 아주머니가 이 책을 쓰셨나? 지금까지는 잘 몰랐는데 정말 신기한 책이 맞는구나. 영화에서나 볼 수 있을 법한 일이 일어나는 걸 보면. 그런데 꼭 대답을 해야 한다니 생각 좀 해야겠는걸."

별은 이제 자기가 박사가 된 듯 진지한 표정으로 깊은 생각에 잠겼다.

"솔직히 제나를 자아와 감정이 있는 AI 로봇으로 만들어서 인간이 되고 싶은 소망을 갖게 한 건 박사님이니까, 책임감 때문에라도 부탁을 들어줘야 하지 않을까? 제나가 어리긴 하지만 로봇이니까 머릿속에 우주 비행에 필요한 기술과 정보, 재난이나 위험에 대처하는 방법들을 넣어 주면 혼자서도 잘 해낼 것 같은데. 그리고 제나를 자식처럼 생각하고 사랑하니까 정말 제나를 위한다면 부탁을 들어주는 게 맞아."

혼잣말을 하던 별은 갑자기 고개를 젓더니 다시 중얼거렸다.

"아니지, 제나를 진심으로 자식처럼 사랑하니까 더 못 들어주는 거야. 아무리 AI 로봇이지만 우주 비행은 처음인데 머리에 든 지식만으로 성공을 장담할 수 있겠어? 게다가 부모님 몰래 혼자 가겠다는 건데 나중에라도 알게 되면 부모님이 박사님을 얼마나 원망하겠어. 만일 외동딸 제나에 이어, 온갖 사랑을 준 로봇 제나마저 또 잘못되기라도 하면 엄마, 아빠가 슬픔을 견딜 수 있을까? 아무래도 너무 위험해서 안 되겠어."

별 역시 박사처럼 한참 고민했다. 힘든 선택에 한숨을 푹 내쉬다 갑자기 책에 대고 물었다.

"저기요, 그냥 선택 안 하면 안 될까요? 너무 힘들어요. 근데 왜 제 선택이 꼭 필요한 거죠? 그냥 다음 페이지로 넘어가게 해주세요, 네?"

"강별! 정해진 규칙은 지켜야만 한단다. 이 책을 끝까지 읽고 싶다면 꼭 선택해야 해!"

단호한 대답에 별은 심각하게 고민하다 마침내 책에 대고 자신의 선택을 말했다. 그러자 신기하게도 페이지가 스르륵 넘어갔다. 별은 깜짝 놀랐지만, 박사의 결정이 궁금해 얼른 읽어 내려갔다.

🔖깊은 밤, 박사는 창밖을 바라보며 생각에 잠겨 있다가 낮게 중얼거렸다.

"아, 언제까지나 이렇게 지낼 수는 없어. 빨리 결정해야 해, 제나를 위해."

다음 날 이른 오후 박사와 제나는 마주 앉아 있었다. 제나는 박사의 입에서 자기가 원하는 대답이 나오길 간절히 기다리고 있었다. 박사는 눈썹을 꿈틀거리더니 입을 열었다.

"제나야, 정말 널 위한 게 뭔지 오랫동안 고민하고 또 고민했단다. 그리고 마침내 결정을 내렸다. 라이아 행성에 갈 수 있도록 힘닿는 데까지 도와주마."

"정말요, 박사님? 감사해요, 들어주실 줄 알았어요. 그럼 언제 우주선을 빌려주실 거예요?"

"아니, 우주선은 빌려주지 않을 거다."

"네? 그럼 어떻게 우주로 가죠?"

"내가 너와 함께 갈 거다."

"뭐라고요? 박사님도 가신다고요?"

"그래, 네가 이런 소망을 품게 된 데는 내 책임도 크니까. 그리고 혼자 보냈다가 잘못되기라도 하면 난 무척 견디기 힘들 거다. 네 부모님 볼 낯도 없고 말이야."

"저야 같이 가 주신다면 정말 기쁘지만, 얼마나 걸릴지도 모르고 어떤 위험이 닥칠지도 모르는데 괜히 박사님을 위험한 일에 끌어들이는 건 아닌지 모르겠어요."

"이미 결정한 일이다. 당장 내일부터 준비하도록 하자."

"우아, 박사님이 마침내 제나가 라이아 행성에 가는 걸 허락하셨네. 내 선택이랑 똑같잖아. 내 마음속을 훤히 들여다보고 결정한 것처럼 말이야. 근데 박사님이 같이 갈 줄은 몰랐는데. 자, 이제 언제 우주여행을 떠나게 될지 지켜봐야겠는걸."

별은 박사의 결정이 자신의 선택과 같은 것에 놀랐다. 단호하게 반대하던 박사가 그런 결정을 내렸다는 게 의아하기도 했다. 하지만 곧 제나의 소망이 이루어질지도 모른다는 생각에 덩달아

기뻐하며 책으로 다시 시선을 던졌다.

다음 날부터 제나는 매일 설레는 가슴을 안고 박사의 집으로 갔다. 박사는 우주여행에 필요한 지식과 정보, 통용되고 있는 외계인의 언어들을 빠짐없이 알려 주었다. 우주선으로 데려가 작동 원리와 방법을 세세히 설명하고, 또 우주 비행 시뮬레이션을 통해 예상치 못한 상황에 대한 대비와 훈련도 시켰다. 제나는 모든 것을 빠르게 학습해 나갔다.

이처럼 복잡하고 시간이 걸리는 것들은 제나의 인공지능에 바로 입력할 수도 있지만, 직접 체험하길 원하는 제나를 위해 박사는 매일 딱 붙어서 가르쳐 주었다.

모든 준비가 끝나자, 박사는 제나의 집을 방문해 휴식차 별장에 간다는 말을 은근히 흘렸다. 그러자 제나는 박사를 따라 별장에 가고 싶다며 엄마와 아빠를 졸라 허락을 받아 냈다. 박사와 제나는 별장에서 지내는 척하며 최대한 빨리 라이아 행성에 다녀올 계획이었다. 우주로 나가는 날짜는 이틀 후로 정해졌다.

8. 드디어 광활한 우주로

제나는 아침이 오기만을 애타게 기다리고 있었다. 날이 밝으면 드디어 박사와 함께 우주로 나가는 것이다. 당연히 엄마, 아빠는 별장에 가는 걸로 알고 있었다. 거짓말하는 게 걸리긴 했지만 아무리 생각해도 이 방법밖엔 없었다. 그리고 정말 인간이 되어 돌아온다면 엄마, 아빠도 기뻐해 주실 거란 생각이 들었다. 이런 생각을 하자 너무 행복했다. 하지만 만약 실패하거나 불의의 사고로 다시는 부모님을 볼 수 없게 된다면……. 제나는 덜컥 겁이 났다. 하지만 곧 마음을 다잡았다. 그런데 마음에 걸리는 게 또 하나 있었다. 오랫동안 고민하던 제나는 마침내 결정을 내렸는지 입술을 꼭 다물었다. 그러고는 휴대폰을 집어 들었다.

"드디어 제나가 소망을 이루기 위해 떠나는구나. 제나의 도전 정신과 용기, 적극적인 성격, 강한 모험심, 참 멋지다! 나랑 비슷한 면이 많네. 이참에 나도 비록 책을 통해서지만 우주여행에 따라가 봐야지. 얼마나 신비하고 멋질까? 벌써 가슴이 뛰네. 근데 또 뭐가 마음에 걸린다는 거지?"

별은 책에서 시선을 떼고 턱을 괸 채 곰곰이 생각해 보았다. 전혀 감이 오지 않았다.

"아, 도저히 모르겠네. 그냥 빨리 읽어서 알아내는 게 빠르겠어."

별은 얼른 책으로 다시 시선을 옮겼다.

마침내 밝은 햇살이 비치는 아침이 왔다. 제나에겐 처음 우주로 나가는 매우 역사적인 날이었다. 엄마와 아빠는 출근길에 제나를 박사의 집에 데려다주었다.

"난 제나와 조금 있다가 출발할 테니까 걱정 말고 어서 가게."

박사의 말에 아빠가 고개를 끄덕이더니 제나에게 말했다.

"제나야, 박사님하고 자연 속에서 행복한 시간 보내거라."

"엄마, 아빠도 맛있는 거 많이 드시고 두 분만의 즐거운 시간 보내세요. 전 잘 다녀올게요."

제나는 엄마와 아빠를 번갈아 한참 동안 꼭 껴안았다. 엄마와 아빠도 꼭 안아 주었다.

"우리 제나 다 큰 줄 알았더니 아직 어린애구나. 막상 떨어지려니까 무섭고 자신 없지?"

"아니에요, 그런 거. 그냥 엄마, 아빠를 얼마나 사랑하는지 표현한 것뿐이에요."

"네 마음 다 알아. 우리도 널 많이 사랑하니까."

엄마와 아빠는 문을 나서 엘리베이터로 걸어갔다. 곧 엘리베이터를 탄 엄마, 아빠의 모습이 사라졌다. 제나가 닫힌 엘리베이터 문을 바라보며 서 있자 박사가 어깨를 따뜻하게 감쌌다.

"지금 네 심정이 어떨지 짐작이 가는구나. 하지만 걱정 마라, 멋지게 성공하고 돌아와서 꼭 기쁘게 다시 만날 테니까."

"맞아요, 꼭 그렇게 될 거예요. 이제 들어가서 준비가 완벽한지 살펴봐요."

제나와 집으로 들어온 박사는 곧 탁자 위에 있는 특수 용기의 뚜껑을 열고 다시 확인했다. 인체에 필요한 하루치 영양소들을 응축한 캡슐, 식용 알약, 피부를 통해 영양분을 공급하는 패치 등이 가득 들어 있었다.

"이 정도면 몇 달이 걸려도 끄떡없겠어. 다른 건 다 우주선에 갖춰져 있으니, 이것만 잘 챙기면 되겠구나. 글로벌 우주항공국에도 새로운 행성 탐사 목적으로 우주로 나간다고 이미 통보해 뒀으니까 아무 문제 없을 거다. 그리고 지아에게 라이아 행성뿐 아니라 다른 행성들의 좌표와 세세한 설명까지 입력해 뒀단다. 참 제나야, 이건 첫 우주 비행 선물이다. 방에 들어가서 갈아입고 오너라."

박사는 소파 한쪽에 놓여 있던 반짝이는 연분홍빛 우주복을 제나에게 건넸다.

잠시 후 우주복으로 갈아입은 제나가 박사 앞에 섰다. 우주복은 몸에 좀 달라붙는 스타일로 매우 가볍고 착용감이 좋았다. 어느새 박사도 흰 우주복을 입고 있었다.

"아주 잘 어울리는구나. 자, 이제 출발하자."

박사가 이렇게 말하며 특수 용기를 집어 들자, 제나가 얼른 말했다.

"박사님, 얼마나 걸릴지도 모르는데 가기 전에 차 한잔 마시는 건 어때요? 우주여행 하는 동안, 집에서 음악 들으며 푹신한 소파에 앉아 향긋한 차 마시는 그 순간이 엄청 그리울걸요!"

"네 말이 맞다. 얼마나 걸릴지 모르는데 그러자꾸나. H707!"

"제가 할게요. 멋진 우주복도 선물받은 데다 처음 우주여행을 하는 역사적인 날이잖아요. 모두 박사님 덕분이니까요."

제나는 부엌으로 가서 박사가 늘 마시던 차를 준비했다. 박사는 부엌을 등진 채 소파에 몸을 파묻고 앉았다. H707이 음악을 틀었다. 제나는 곧 따뜻한 차를 가져와 박사에게 건넸다.

"어서 드세요. 부탁 들어주셔서 정말 감사하고 또 사랑해요."

박사는 차를 마시기 시작했다. 제나는 박사가 차를 다 마실 때까지 눈을 떼지 않고 보고 있었다.

마침내 푸른빛을 띤 작은 원반형 우주선이 지구의 대기권을 벗어났다. 드디어 광활한 우주에 진입한 것이다.

"드디어 우주에 왔어. 이제 라이아 행성만 찾아가면 내 간절한 소망이 이루어질 거야."

조종석에 앉은 제나는 감격에 겨워 두 손을 가슴에 가져다 대고 커다란 유리창 너머의 신비한 우주를 두 눈에 담았다. 곧 감상에서 벗어나 정신을 바짝 차리더니 조종석 앞에 설치된 계기판을 보며 말했다.

"지아, 라이아 행성으로 최대한 빨리 가 줘!"

"라이아 행성 좌표 확인! 초광속 비행 모드를 시작합니다. 지금 바로 목적지를 향해 출발합니다."

지아의 말소리와 함께 계기판이 밝은 빛을 내며 반응했다.

제나는 눈을 감고 두 손을 모은 채 라이아 행성에 무사히 도착하길 간절히 빌었다. 우주선은 초광속 비행을 하고 있는데도 심하게 흔들리거나 어지럽지 않았다.

잠시 후 제나는 눈을 뜨더니 다시 유리창을 통해 밖을 내다보다 박사를 떠올렸다.

"아, 박사님이 많이 놀라셨을 거야. 하지만 이렇게 할 수밖에 없는 나를 이해해 주시겠지."

푹신한 소파에 몸을 파묻은 채 깊은 잠에 빠져들었던 박사가 눈을 떴다.

"이런, 차를 마시다가 깜박 잠이 들었나? 제나야! 어서 빨리 출발하자!"

벌떡 일어난 박사는 창을 통해 어두워진 하늘을 보고는 깜짝 놀라 소리쳤다.

"아니 어떻게 된 거야? 시간이 벌써 이렇게 되었다니!"

박사가 제나를 찾아 거실과 부엌을 살피려고 할 때, S801이 다가와 제나의 휴대폰을 주었다.

"제나가 박사님이 깨어나면 이걸 전해 주라는 말을 남기고 오전 10시 35분에 집을 떠났습니다."

"뭐라고? 아침에 혼자 나갔다고?"

놀란 박사는 제나의 휴대폰을 보며 떨리는 손으로 왼쪽 측면에 있는 동그란 버튼을 눌렀다. 휴대폰 화면이 파란빛을 내며 깜박거렸다.

"제나의 메시지를 보여 줘!"

곧 휴대폰 화면에서 파란빛이 나오더니 제나가 홀로그램으로 나타났다.

"박사님이 메시지를 보실 때쯤이면 전 라이아 행성으로 향하고 있을 거예요. 죄송해요, 차에다가 불면증에 시달릴 때마다

드시는 약을 좀 넣었어요. 아무리 생각해도 혼자 가는 게 맞는 것 같아요. 생명이 위험할 수도 있는 미지의 세계로 가는 모험에 박사님을 끌어들일 수는 없어요. 꼭 성공해서 돌아올게요. 참, 비행하는 동안 모든 통신은 차단하고 소원을 이루는 데만 집중할 거예요. 지구로 돌아오면 곧장 별장으로 갈게요. 메시지를 보낼 테니까 기다려 주세요."

박사는 불안과 걱정이 뒤섞인 표정으로 깊은 한숨을 내쉬며 소파에 털썩 주저앉았다.

"이제 어쩔 도리가 없구나. 모든 건 제나에게 달렸어. 아, 넌 이미 영혼을 가진 인간이나 다름없어. 이렇게 속 깊고 사랑이 넘치는 아이니까 말이다. 그래, 소원대로 인간이 되어 돌아오너라. 아니, 무사히만 돌아오면 좋겠구나."

"아, 제나의 고민이 바로 이거였구나. 우주선에 제나만 있어서 이상하다고 생각했는데, 박사님이 걱정돼서 그런 거였어. 제나는 로봇인데도 인간보다 더 인간적이네, 자신보다 남을 더 생각하고. 그러고 보니 난 너무 이기적이었어. 솔과 있을 때면 뭐든 내가 먼저 선택하고, 힘들고 하기 싫은 건 솔한테 미뤘으니까. 배려심 많은 솔은 언니답게 다 받아 줬고. 제나가 라이아 행성으로 간다니까 나도 모라플라네타 행성에 가고 싶다. 그러면 솔을 만날 수 있을 텐데……."

별의 눈가가 촉촉이 젖어 들고 있었다. 별은 펼쳐진 책 위에 엎드리더니 한참을 그렇게 있었다. 그러다 다시 일어나서 다음 페이지로 넘어갔다.

9. 라이아 행성을 찾아서

비행을 시작한 지 며칠이나 지났을까? 마침내 제나가 그렇게 기다리던 말이 우주선 안에 명료하게 울려 퍼졌다.

"곧 라이아 행성에 도착합니다! 저속 비행 모드로 전환!"

"와, 드디어 내가 라이아 행성에 왔어!"

제나는 너무나 기뻐 두 팔을 높이 들고 소리쳤다.

"역시 라이아 행성은 정말 있었어. 이제 이미토르만 얻으면 내 소원을 이룰 수 있을 거야. 박사님, 정말 감사해요. 지아, 고마워! 데려다줘서!"

속도가 줄자 제나는 유리창으로 바싹 다가가 밖을 내다보았다. 온통 초록빛으로 뒤덮인 작은 행성이 보였다. 제나는 이상하다는 듯 고개를 갸웃거렸다. 그때 지아가 말했다.

"라이아 행성으로 진입합니다. 안전벨트를 꼭 착용하세요!"

제나는 긴장한 표정으로 조종석으로 돌아와 안전벨트를 단단히 맸다.

"착륙합니다!"

우주선은 이륙할 때와 마찬가지로 소리 내지 않고 부드럽게 내려앉았다.

"야, 드디어 제나가 라이아 행성에 도착했네. 근데 제나가 왜 창밖을 보며 고개를 갸웃거린 걸까? 무슨 일이지?"

별은 궁금증을 한가득 안고 책에 집중했다.

곧 우주선의 문이 열렸다. 우주선이 착륙한 곳은 제나의 키만큼이나 큰 무성한 풀들로 사방이 뒤덮여 있었다. 제나는 앞을 가로막은 풀들을 헤치며 걸어 나왔다. 고개를 쭉 빼고 주위를 둘러보며 중얼거렸다.

"어, 이상하다? 라이아 행성은 분명히 옅은 분홍빛을 띠고 있다고 했는데, 온통 초록빛이네."

아무리 둘러봐도 초록의 숲만이 끝없이 펼쳐져 있었다. 잠시 생각하던 제나는 다시 우주선으로 들어갔다. 조종석에 앉아 계기판을 보며 말했다.

"지아, 라이아 행성을 전체적으로 둘러볼 수 있도록 천천히 비행해 줘."

"네, 이륙합니다."

우주선이 곧 떠올랐다. 창밖을 계속 살피던 제나가 머리를 흔들더니 말했다.

"아무리 봐도 다 똑같아. 여기가 라이아 행성이 아닌가? 좌표가 잘못된 걸까? 지아가 길을 잘못 찾았나? 아닐 거야. 누가 만든 우주선인데. 그래도 너무 이상해. 책 내용대로라면 고도의 문명 도시가 나타나고, 라이아 행성 사람들을 만나야 하는데. 다시 착륙해서 살펴봐야겠다."

우주선이 다시 지상에 내려앉았다. 제나는 우주선 밖으로 나왔다. 이곳에서도 역시 제나의 키만큼이나 큰 무성한 풀과 여러 종류의 관목들만 눈에 띄었다. 풀숲을 헤치며 걸어가기 시작한 제나는 우주선에서 점점 멀어지고 있었다. 이리저리 살피며 걸어 다니다 하늘 높이 솟은 거대한 나무들이 있는 곳까지 다가간 제나는 뭔가를 보고 소스라치게 놀라 소리쳤다.

"앗, 붉은 거미줄이잖아. 바다에 펼쳐 놓은 거대한 그물 같아. 줄이 이렇게 굵고 튼튼한 걸 보면 점성도 대단할 거야. 한번 걸리면 못 빠져나오겠어. 거미도 엄청 크고 무서울 것 같아."

제나는 어깨를 움츠리며 재빨리 뒤돌아서 왔던 곳으로 걸음을 옮겼다. 한동안 주위를 살피며 풀숲을 걸어가는데, 몇 미터 앞에서 풀숲이 어지럽게 흔들리며 뭔가가 빠르게 다가왔다. 제나는 멈춰 서서 바라보다가, 곧 눈앞에 나타난 생명체를 보고 너무 놀라 뒤로 넘어지고 말았다.

역삼각형 머리에 날카로운 이가 돋아난 큰 턱, 긴 더듬이, 투명한 날개를 가진 두 마리의 녹색 괴물은 사마귀와 비슷했다. 남자 어른만큼이나 큰 괴물들은 앞다리를 번쩍 치켜들고 제나에게 다가왔다. 앞다리의 넓적다리마디는

예리한 낫처럼 생겼고, 종아리마디의 가장자리엔 톱니 같은 가시털이 다닥다닥 붙어 있었다. 제나는 도망가려 했지만, 너무 놀란 탓인지 몸이 말을 듣지 않았다. 이제 바로 앞까지 다가온 괴물들은 앞다리를 뻗어 제나를 움켜쥐려고 했다.

"제나, 위험해! 어서 일어나 도망쳐! 어서!"
별은 답답한 듯 자기도 모르게 소리쳤다. 그 순간 제나를 부르며 소리치기 바로 전까지

읽었던 문장 뒤의 글들이 모두 사라지더니, 그 자리에 갑자기 뭔가가 나타났다. 별은 놀라서 눈을 비비고 다시 쳐다보고 또 쳐다봤지만 그대로였다.

▌□□-◪ ST□□, _ _ _!

자세히 들여다보던 별이 중얼거렸다.

"이건 고대 이집트의 상형 문자잖아. 영어도 섞여 있는 것 같은데, 밑줄 세 개는 또 뭐지?"

고고학자가 되고 싶었던 별은 고대 이집트 문명에 특히 관심이 많았다. 그런 이유로 재미 삼아 고대 이집트 상형 문자로 비밀 글을 쓰곤 했기 때문에 바로 알아차릴 수 있었다.

"와, 정말 신기한 책이네. 글자가 모두 사라지질 않나, 없던 이상한 글자들이 나타나질 않나. 그런데 책이 갑자기 왜 이러는 거지? 살짝 페이지를 넘겨 볼까? 아니야, 한 페이지를 다 읽기 전에는 절대 뒷장을 넘겨서는 안 된다고 했잖아. 아, 답답해! 지금 내가 위험에 빠진 제나를 도와줄 수 있다면 좋을 텐데."

별은 애가 타서 어쩔 줄 몰랐다. 그때였다.

"강별, 진심으로 제나를 도와주고 싶니?"

책이 또 말을 걸어왔다. 별은 이미 경험했던 상황이라 그다지 놀라지 않고 얼른 대답했다.

"당연하죠. 할 수만 있다면 당장 도와주고 싶어요. 제나가 소망을 꼭 이뤘으면 좋겠거든요."

"5분 안에 혼자 힘으로 네 개의 빈칸에 알맞은 답을 채워 넣으렴. 그럼 원하는 대로 될 거야."

"5분 안에요? 근데 밑줄 세 개는 또 뭐예요?"

"그건 정답을 맞히면 자연히 알게 된단다."

"네. …그런데 만약 정답을 못 맞히면 어떻게 되는 거죠?"

"이야기는 여기서 끝나게 돼."

"정말요? 아, 시간도 너무 짧고 어려운 것 같은데……."

"그럼 포기하겠니?"

"아니요, 전 절대 포기하지 않아요, 제나처럼 도전해 볼 거예요."

"좋아, 그럼 시작하자!"

목소리가 사라지자마자 책 옆에 놓여 있던 휴대폰의 타이머 기능이 스스로 작동되기 시작했다. 맞춰진 시간은 딱 5분이었다. 별은 놀랐지만 얼른 정신을 차리고 문제를 뚫어져라 쳐다보았다. 그러자 솔과 함께 방 탈출 게임 카페에 놀러 다니던 때가 떠올랐다.

"솔이 옆에 있다면 얼마나 좋을까? 그래도 고대 이집트 상형 문자는 다 아니까 다행이지, 뭐."

별은 혼잣말하며 문제를 풀기 시작했다.

"우선 상형 문자 ━△를 영어 알파벳으로 바꾸면 N과 G가 되

지. 하지만 이것만으로 앞의 두 빈칸에 들어갈 글자를 추측하기
는 힘들어. 영어부터 해 봐야겠다. ST로 시작하는 단어에는 뭐가
있을까? 지금 상황에 딱 들어맞는……. 아, 이야기가 멈췄으니까
'STOP'이 아닐까?"

연필을 들어 ST 뒤 빈 네모 칸에 O와 P를 써넣었다. 그러자
곧바로 O와 P가 사라져 버렸다.

"뭐야? 글자가 사라져 버렸네? 정답이 아니란 뜻인가?"

별은 다시 곰곰이 생각했다.

"ST로 시작하는 단어가 또 뭐가 있지? 아, 어렵네. 제나
가 움직이지 않고 그대로 있으니까 혹시 머무르다라는 의미
의 'STAY'가 아닐까? 아니면 일어나서 걸음을 떼라는 의미로
'STEP'일지도 몰라."

별은 먼저 A와 Y를 써 보았다. 글자가 또 사라졌다. 곧바로 E
와 P를 써넣었다. 역시 정답이 아니었다. 초조한 마음에 휴대폰
을 들여다보았다. 시간은 자꾸 흘러가고 있었다.

"이런 식으로는 안 되겠어. 분명 힌트가 있을 텐데…, 도대체
뭘까? 그렇지! 헌책방 아주머니가 이 책은 오직 나에 의해서만
특별해질 수 있고, 또 끝까지 읽으려면 내 지식과 지혜, 용기가
필요하다고 했어. 그럼 내가 힌트라는 건가? 나, 난… 강별인데.
혹시?"

별은 얼른 ST 뒤의 빈칸에 A와 R을 써넣었다. 글씨가 사라지지 않고 더욱 선명해졌다.

"맞았다! 역시 이 단어는 'STAR'였어! 내 이름, 별을 말하는 거야. 그럼, 앞의 글자는……!"

별은 이렇게 중얼거리며 K와 A를 나타내는 고대 이집트 상형 문자 ⌒와 ⍨를 그려 넣었다. 네 개의 상형 문자가 모이자 별의 성인 '강'을 뜻하는 글자가 되었다. 곧 네모 칸이 모두 사라지더니 세 개의 밑줄 위에 순식간에 글자가 나타났다.

▮⌒⍨-▣ STAR, 들 어 와!

"후유! 드디어 정답을 찾았어. 내 이름은 많이 써 봤는데도 긴장해서 그런지 낯설어 보이네. 근데 '강스타'가 친구들이 부르는 내 별명인 걸 알고 이런 문제를 냈나? 정말 이상한 책이야."

별은 중얼거리며 얼른 휴대폰을 쳐다보았다. 타이머가 6초에서 멈춰 있었다.

"다행이다, 시간 안에 문제를 풀어서. 정말 신기하다, 답을 맞히니까 글씨가 나타났어! 그런데 들어오라니…, 어디로 들어오라는 거야? 혹시 책 속으로 들어와서 내가 원하는 대로 제나를 도와주라는 건가? 어떻게 들어가야 하지? 아……!"

별은 한숨을 내쉬며 '⌒⍨-▣ STAR, 들 어 와!' 부분에 무의식적으로 검지손가락을 가져다 댔다. 그러자 검지가 닿은 곳에 빛나

는 보라색 작은 원이 생기더니 검지 끝부분이 보이지 않았다.

"헉! 뭐야, 이건 또? 판타지 영화에서 거울에 손을 대면 빨려 들어가듯이 내 손가락도 보라색 원 속으로 정말 빨려 들어간 거야?"

믿기 힘든 일이 계속 일어나자, 별은 놀랍기도 하고 겁도 났다. 하지만 곧 마음을 굳게 먹고 검지를 보라색 원 속으로 더 밀어 넣었다. 보라색 원이 점점 번지더니 페이지 전체가 보라색으로 변했다.

"그래, 도전해 보는 거야. 책 속으로 들어가서 제나를 도와줘야겠어, 같이 우주 비행도 하고. 그러다 보면 모라플라네타 행성에 갈 수 있을지도 몰라. 이런 기회는 다시 오지 않을 거야."

별은 결심을 굳힌 듯 손 전체를 쑥 밀어 넣었다. 몸이 가벼워지며 붕 뜨더니 무언가가 끌어당기듯 순식간에 보라색으로 변한 책 속으로 빨려 들어갔다. 그 순간 휴대폰의 타이머가 스스로 시간을 또 맞추더니 작동하기 시작했다. 별은 이 사실을 알지 못했다.

10. 별, 제나를 만나다

별은 녹색 괴물들과 제나가 있는 곳에서 조금 떨어진 풀숲에 가볍게 내려섰다. 책 속으로 들어온 것이 너무나 신기하고 놀라웠지만, 여유롭게 그런 기분을 즐길 상황이 아니었다. 녹색 괴물들은 상상했던 것보다 훨씬 크고 소름 끼쳤다. 별도 순간 겁에 질렸지만 제나를 구해야 한다는 생각에 용기를 냈다. 별은 제나를 향해 달려가며 소리쳤다.

"제나야, 위험해! 어서 일어나!"

녹색 괴물의 앞다리가 막 제나의 몸에 닿으려는 순간, 재빨리 다가온 별이 얼른 제나의 손을 잡고 일으켜 온 힘을 다해 달렸다. 갑자기 나타난 별을 보고 제나도 놀랐지만, 지금은 도망가는 게 먼저였다. 두 소녀는 정신없이 달렸다. 녹색 괴물들은 계속 쫓아오다가 이제는 날개를 활짝 펴고 날아올랐다. 제나가 별을 보며 말했다.

"우주선으로 가자!"

하지만 우주선까지는 너무 멀어서 잡힐 게 뻔했다. 그때 별의 시야에 뭔가가 확 들어오며 좋은 생각이 떠올랐다.

"저 정도 거리라면 문제없어. 제나야, 무조건 나만 믿고 힘껏 달려, 알았지?"

별은 제나를 잡은 손에 더욱 힘을 주더니 우주선과는 다른 방향으로 달리기 시작했다. 괴물들은 전속력으로 날아서 쫓아왔다. 별이 이끄는 대로 달리던 제나도 눈앞에 뭔가가 보이자, 별의 생각을 눈치챘다. 두 소녀는 목적지에 다다르자 뒤돌아보았다. 괴물들이 바로 머리 위에 와 있었다. 괴물들이 제나와 별을 잡아채려고 앞다리를 뻗는 순간, 별이 소리쳤다.

"지금이야, 제나! 오른쪽으로!"

두 소녀는 동시에 오른쪽으로 힘껏 슬라이딩하며 바닥에 납작 엎드렸다.

"까깍깍, 까깍깍!"

머리 위에서 괴성이 들려왔다. 별의 계획대로 거대한 나무와 나무 사이, 가지마다 넓게 펼쳐진 붉은 거미줄에 별과 제나를 잡으려고 주위를 살피지 않고 달려들던 괴물들이 걸려든 것이다.

별과 제나는 머리 위 거미줄을 피해 조심스럽게 일어나 멀리 물러났다. 붉은 거미줄은 질긴 데다 점성이 강해서 괴물들이 아무리 몸부림쳐도 빠져나올 수 없었다.

"다행이다. 생각대로 돼서…, 앗!"

"으악!"

이렇게 말하던 별이 깜짝 놀라 소리를 지르자, 제나도 같이 소리를 질렀다.

거미줄이 마구 흔들리며 드디어 주인이 나타난 것이다. 검은 바탕에 새빨간 줄무늬가 있고 툭 튀어나온 눈알을 가진 거미는 온몸이 가시 같은 거친 털로 덮여 있었는데, 녹색 괴물들보다 훨씬 컸다. 거대한 거미는 녹색 괴물들에게 다가가 거미줄로 사정없이 칭칭 감더니 곧 독이빨을 박아 넣었다. 별과 제나는 겁에 질려 얼른 손을 잡고 우주선을 향해 달리기 시작했다.

"후유, 우주선에 들어오니까 이제야 안심이 된다. 아까는 정말 위험하고 무서웠어."

제나는 안도의 한숨을 내쉬었다. 그러더니 곧 의아한 표정으로 별을 쳐다보며 물었다.

"급박한 상황이라 못 물어봤는데, 넌 도대체 어디서 갑자기 나타난 거니? 게다가 나랑 같은 말을 하잖아. 너도 한국인이니?"

"응, 맞아. 나도 너처럼 서울에 살아, 제나."

"그래? 근데 어떻게 내 이름을 아는 거니? 우린 어디에서 만난 적도 없는데. 그리고 넌 우주복도 입고 있지 않잖아. 참 네 우주선은 어디에 있니? 또 이름은 뭐야?"

제나는 갑자기 나타난 별이 놀랍고도 신기하다는 듯 질문을 쏟아 냈다.

"내 이름은 별이야, 강별. 나도 너처럼 13살이야. 난 너에 대해 다 알고 있어. 네가 인공지능 로봇이라는 것도, 인간이 되고 싶어서 박사님의 우주선을 타고 라이아 행성에 온 것도."

"뭐라고? 넌 도대체 누구야? 어떻게 나에 대해 자세히 아는 거지?"

제나는 놀라서 눈을 동그랗게 뜨고 물었다.

"어떻게 알게 됐냐면……."

별은 설명하려다 갑자기 입을 다물었다. 헌책방 주인 여자의 당부가 떠올랐기 때문이다. 그 누구에게도 말해서는 안 된다는. 별은 제나에게도 말하면 안 될 것 같았다.

"미안하지만 말하기 좀 곤란해. 속 시원하게 말해 줄 수 없는 나를 이해해 주면 좋겠어. 아무튼 진심으로 널 돕고 싶어서 여기 온 거야. 절대 이상한 사람 아니니까 걱정하지 마, 응?"

별의 설명에도 도무지 이해가 안 간다는 듯 제나는 한동안 별을 쳐다보더니 고개를 끄덕였다.

"알았어, 근데 정말 고마워. 너 아니었으면 사마귀 같은 괴물들한테 잡아먹혔을 거야. 그리고 나처럼 서울에 사는 데다 같은 나이라 그런지 뭔가 친근한 느낌이 들어."

"다행이다. 그냥 지금은 널 구하기 위해 이곳으로 순간 이동했다고 생각해 줘. 그게 편할 거야. 참, 제나, 우리 친구 하는 게 어때?"

"친구? 좋아, 강별. 이런 곳에서 너 같은 친구를 만나고 도움까지 받을 거라곤 상상도 못 했는데. 별, 넌 나에 대해 다 아는데 난 네 이름, 나이, 서울에 산다는 것 외엔 아는 게 없어."

"그래, 얘기해 줄게. 난 네가 사는 시대에서 한참 과거인 2025년에 살고 있어. 나한텐 솔이란 쌍둥이 자매가 있었는데…, 솔이 우리 가족 곁을 영원히 떠난 지 1년이 다 되어 가."

별은 눈가가 촉촉해지며 자신의 이야기를 모두 털어놓았다. 제나는 별의 등을 다정하게 토닥이며 위로했다.

"네게도 그런 아픔이 있었구나. 하긴 다들 행복해 보여도 알고 보면 가슴속에 슬프고 아픈 사연 하나쯤은 품고 있을 거야. 하지만 희망을 버리지 말자. 희망 없는 세상은 너무 삭막하거든."

"맞아, 제나. 네 말이 큰 힘이 됐어. 우리 꼭 소망을 이루자!"

별과 제나는 두 손을 꼭 잡았다. 이제 제나는 조종석에, 별은 옆 좌석에 앉았다.

"지아, 이륙해서 라이아인들이 보일 때까지 계속 비행해 줘!"

"네, 알겠습니다."

제나의 말에 우주선이 이륙하자 별은 흥분을 감추지 못했다. 별과 제나는 밖을 살피면서 서로의 시대에 대해 묻고 답했다. 그러던 중 제나가 소리쳤다.

"와, 저기 주홍색 머리카락이다! 라이아인들이 분명해!"

제나가 별을 쳐다보았다. 그 순간 별의 모습이 흔들리더니 순식간에 사라져 버렸다.

슈슈슉! 쿵!

별은 자신도 모르는 사이에 책 속에서 빠져나왔다. 정신을 차려 보니 의자에 앉아 있었다.

"여긴 내 방이잖아? 책 속에서 어떻게 나온 거지?"

순식간에 벌어진 일에 놀라서 주위를 둘러보다 책 옆에 놓인 휴대폰에 눈길이 머물렀다.

30분에 맞춰진 타이머는 시간이 다 흘러 정지 상태였다. 잠시 생각하던 별이 중얼거렸다.

"아, 책 속에 들어가면 딱 30분 동안만 머물다 원래 있던 곳으로 돌아오나 보네. 그러고 보니 제나를 만나서 너무 신기하고 믿기지 않아서 언제, 어떻게 나오는지는 생각조차 안 했어. 언제 또 들어갈 수 있는 걸까? 문제가 나타날 때마다? 그럼, 문제는 언제 나타나는 거지? 제나가 위험하면 나타나는 건가?"

별은 잘 모르겠다는 듯 고개를 저으며 말했다.

"그래, 그 문젠 나중에 생각하자. 제나가 라이아인들이라고 소리쳤는데, 어떻게 됐을까?"

제나와 같이 녹색 괴물들로부터 도망치고 직접 대화도 하고 나자, 별은 제나가 정말 현실에 존재하는 친구처럼 느껴졌다. 어떻게 됐는지 몹시 궁금한 별은 얼른 책을 들여다보았다.

어느새 백지상태였던, 책 속에 들어가기 전에 풀었던 문제 밑으로는 문장들이 빼곡하게 채워져 있었다. 그런데 별이 책 속에서 제나와 함께 겪었던 일들은 전혀 기록되지 않았다. 별은 갑자기 자기가 사라져서 제나가 얼마나 놀랐을까 걱정하며 곧장 읽어 나가기 시작했다.

11. 거대 곤충들의 혹성

📑"별아! 별아!"

별이 사라지자 놀라고 당황한 제나는 별이 앉았던 텅 빈 옆 좌석을 만지며 소리쳤다.

"어떻게 된 거야? 도대체 어디로 사라져 버린 거지?"

제나는 좁은 우주선 내부를 둘러보다 말했다.

"그래, 별이 사라진 데는 이유가 있겠지. 갑자기 나타났을 때처럼 또 순간 이동했나 봐. 길지 않은 시간이었지만 함께여서 좋았는데."

아쉬워하던 제나는 두 주먹을 꼭 쥐더니 씩씩하게 말했다.

"다시 용기 내서 잘해 보자. 라이아인들을 찾았으니까 이미토르에 대해 물어봐야지. 지아, 여기에 착륙해!"

풀숲에 우주선이 소리 없이 착륙했다. 한 무리의 라이아인들이 있었지만, 우주선을 등진 채 걸어가고 있어 우주선의 존재를 알아채지 못했다. 창백한 피부에 주홍색 머리카락의 그들은 낡은 안전복을 입고 있었다. 맨 앞과 맨 뒤의 라이아인은 무기를 들고 있었고 나머지는 커다란 자루를 메고 있었다. 제나는 우주선에서 나와 눈치채지 못하게 뒤쫓아가며 그들을 살폈다. 그러다 잠시 멈춰 서서 생각에 잠겼다.

'무기 때문에 겁이 나긴 하지만 먼저 다가가서 대화를 시도해 봐야겠어.'

제나는 책을 통해 이미 그들의 언어를 알고 있었기에 소통에는 문제가 없었다. 제나가 막 걸음을 옮기려는 순간, 맨 뒤에 있던 라이아인에게 들키고 말았다. 그는 경계하는 눈빛으로 무기를 들이대며 말했다.

"넌 누구냐? 어디에서 왔지?"

그의 목소리에 앞서가던 라이아인들이 뒤돌아보았다. 몇몇이 급히 다가와 제나를 에워싸고 무기를 들이댔다. 포위당한 제나는 무서웠지만 침착하게 대답했다.

"저는 지구에서 온 제나라고 해요. 이미토르를 얻기 위해 여기 라이아 행성까지 왔어요."

"지구? 우린 다른 행성과 교류하지 않아서 지구를 알지 못한다. 넌 어떻게 이미토르를 알게 됐지? 아, 그래. 아주 오래전 불시착하거나 우주를 탐험하던 외계인들이 방문한 적이 있었지. 그런데 이미토르 때문에 어린 네가 혼자서 여길 왔다고?"

가장 연장자로 보이는 할아버지가 놀란 표정으로 제나를 뚫어지게 쳐다보며 물었다.

"네, 우연히 책을 통해 이미토르에 대해 알게 됐어요. 저기…, 이미토르를 제게 주실 수 없을까요? 전 아무런 해도 끼치지 않아요. 그럴 힘도 무기도 없으니까요."

제나는 두 손을 높이 들어 보였다. 여전히 의심스러운 눈초리였지만 그들은 무기를 거두었다. 하지만 경계심을 풀지 않고 주위를 살폈다. 할아버지와 몇몇 라이아인들이 뭔가를 심각하게 논의한 후 할아버지가 아까보다는 부드럽게 말했다.

"안타깝지만 네가 원하는 것을 줄 수 없다. 사실 라이아 행성엔 이미토르가 남아 있지 않다."

"네?"

제나는 너무 실망한 나머지 바닥에 주저앉아 버렸다.

"우리 라이아인들은 오랜 세월에 걸쳐 이룩한 초고도 문명 속에서 평화롭게 살아왔다. 그리고 복제와 재생, DNA 융합에 관한 연구를 통해 마침내 원하는 대로 변할 수 있는 물질을 만드는 데 성공했고, 그 물질에 이미토르란 이름을 붙였지. 우린 이

미토르로 인해 마법 같은 세상에서 살게 되었다. 그러던 어느 날 소행성이 빠른 속도로 다가오고 있다는 걸 알게 됐다. 온갖 방법을 다 써 봤지만 허사였고 결국 충돌하고 말았지. 벌써 60년 전 일이구나."

그는 한숨을 푹 내쉬며 허망한 눈빛으로 하늘을 올려다보았다. 그러더니 곧 말을 이었다.

"그 후 우리 행성은 폐허가 되었고 극소수만 살아남았다. 군데군데 흩어져 생존한 무리들은 서로 부족한 자원을 차지하려고 싸워 댔다. 게다가 소행성과의 충돌 때 유출된 화학 물질이 살아남은 곤충들의 유전자를 변이시켜 거대 곤충들이 탄생했고, 변화된 기후와 환경이 곤충들의 생존에 유리하게 작용해 라이아는 거대 곤충들의 혹성이 돼 버렸지. 이제 자원도 바닥나고 아름다운 분홍빛 바다도, 문명의 흔적도 찾아볼 수 없어. 우린 거대 곤충들의 위협 속에서 열매나 식물을 채취해 먹으며 은신처에서 목숨을 이어가고 있다. 이 마지막 안전복이 다 해지면 옷을 만들어 입어야 될지도 모른다."

바닥에 주저앉아 듣고 있던 제나가 일어나며 말했다.

"그렇게 된 거군요. 어쩐지 초록빛 숲뿐이라 이상했어요. 근데 이미토르가 없다니……."

제나가 실망한 표정으로 말했다.

"이미토르 때문에 왔다면 분명 소망이 있었을 텐데 안타깝구나. 아무튼 당장 떠나는 게 좋겠다. 다른 무리를 만나면 우주선을 빼앗으려 들 게다. 다들 희망도 빛도 보이지 않는 이곳에서 탈출하고 싶어 하니까."

"이미토르는 얻지 못했지만, 좋은 분들을 만나서 다행이에요. 그럼 안녕히들 계세요."

제나는 고개 숙여 인사하고 우주선을 향해 걸어가다 갑자기 멈춰 서서 뒤돌아보았다.

"참, 한 가지 물어볼 게 있어요. 어차피 이미토르는 못 얻었지만 궁금해서요. 이미토르의 효과를 보려면 사용 대상자가 반드시 갖춰야 할 조건 같은 게 있나요?"

"당연히 있지. 이미토르는 반드시 DNA를 가진 생명체에게만 효과가 있단다."

제나는 머리를 세게 맞은 듯 멍해졌다. 하지만 실망과 충격의 감정을 억누르며 말했다.

"할아버지, 라이아인 여러분, 희망을 가지세요! 저도 포기하지 않을 거예요."

"그래, 조심해서 가거라. 우리도 끈질기고 치열하게 살아남아서 라이아 행성에 예전처럼 찬란한 문명을 꽃피울 거다. 너도 소망을 꼭 이루거라, 제나!"

제나는 손을 흔들며 우주선이 있는 곳으로 걸음을 옮겼다.

"라이아 행성이 거대 곤충들의 혹성으로 변해 버렸다니. 혜성이나 소행성과 충돌하면 저렇게 되는 건가? 정말 끔찍하네. 근데 이제 제나는 어쩌지? 충격이 너무 크겠는데. 어차피 이미토르가 있어도 소용없는 거였잖아, 로봇은 당연히 생명체가 아니니까. 찢어진 페이지에 이런 조건들이 자세히 설명돼 있었나 봐. 이 사실을 알았다면 인간이 되고 싶은 소망도 갖지 않았을 거고, 우주를 비행할 필요도 없었을 텐데. 실망한 제나가 그냥 지구로 돌아오려나?"

별은 충격을 받은 제나를 걱정하며 앞으로 어떻게 할지 몹시 궁금해서 빨리 다음 페이지로 넘어갔다.

12. 제나의 다음 목적지는?

라이아 행성에서 빠져나온 우주선은 캄캄한 우주에 떠 있었다. 제나는 멍하니 조종석에 앉아 있었다.

'그래, 어떻게 로봇이 인간이 될 수 있겠어? 처음부터 나한텐 이미토르가 소용없는 거였어, 처음부터…….'

제나는 오랫동안 충격에서 벗어나지 못했다. 이대로 지구로 돌아가기에는 너무 비참하고 억울했다. 이미토르에 대한 기대가 완전히 사라진 지금, 소원을 이룰 방법이 과연 있는지 지식과 정보를 총동원해 보았다. 오랜 시간이 흐르고 마침내 지아에게 목적지를 말했다. 좌표를 확인한 지아는 초광속 비행 모드로 비행을 시작했다.

"티에라 행성에 진입합니다. 초광속 비행 모드 종료."

우주선이 티에라 행성에 진입하자 곧바로 알 수 없는 강력한 힘에 이끌려 하강하기 시작했다.

"역시 책에 쓰인 그대로야. 그럼 이제 어떤 건물 앞에 착륙하겠지?"

제나의 말대로 곧 우주선이 지상에 착륙했다. 밖으로 나가자, 고대 신전처럼 웅장하고 신비로운 건물이 보였다. 감탄하며 올려다보는데 부드러움과 위엄을 갖춘 목소리가 들렸다.

"환영합니다! 당신은 티에라 행성의 155번째 방문객입니다. 우리 티에라 행성은 누구에게나 열려 있습니다. 하지만 우리 같은 신비한 행성의 존재를 믿지 않으면 절대 찾아올 수 없지요. 믿지 않는 자에게 절대 기적이 일어나지 않는 것처럼."

이미 예상하고 있었지만 목소리만 들리자, 제나는 자기도 모르게 주위를 두리번거렸다.

"낮은 차원에 있는 당신에게는 우리가 보이지 않습니다. 건물로 들어가십시오."

제나가 건물 안으로 들어서자 또다시 목소리가 들려왔다.

"우리 티에라 행성에서는 우주의 수많은 다른 행성에 살고 있는 또 다른 자신의 존재를 보기 위해 찾아온 방문객에게 원하는 것을 보여 줍니다. 그것이 티에라인의 사명이랍니다. 자, 눈을 감으십시오."

제나를 향해 카메라 플래시가 터지듯 불빛이 번쩍했다.

"우린 방금 당신을 아주 세밀하게 스캔했습니다. 당신은 지구에서 온 인공지능 로봇이군요. 당신은 단 한 곳 지구에만 존재합니다."

"그럴 줄 알았어요. 저는 이미 3년 전에 죽은, 저와 똑같은 외모의 지구인 제나의 또 다른 존재들에 대해 알고 싶어서 왔어요. 인간 제나는 가능할까요?"

"네, 가능합니다. 잠시만 기다리십시오."

곧 천장에서 환한 빛이 쏟아지며 순식간에 눈앞에 거대한 스크린이 나타났다.

"인간 제나에 관한 분석이 완료되었습니다. 이제 스크린을 보십시오."

어느새 주위가 캄캄해졌다. 제나는 기대감과 긴장감이 섞인 표정으로 스크린을 응시했다.

첫 번째로 보여 준 제나는 니비라 행성의 고대 왕국, 알렉시아의 공주 리아로 살고 있었다. 나이는 15살로 화려한 드레스를 입은 채 행복하게 웃고 있었다.

두 번째는 헤르메스 행성에 사는 제나였는데, 10살의 평범한 소녀 니케로 지구보다 200년은 더 발전한 최첨단 미래 도시에서 가족과 행복하게 살고 있었다.

다음으로 보여 준 제나는 10살의 보라로 세인트 행성에 살고 있었다. 보라는 4년 전 비행기 사고로 부모님이 돌아가시고, 혼자만 살아남은 충격으로 기억 상실증에 걸린 채 보육원에서 지내다 입양되었다. 하지만 얼마 후 양어머니가 갑자기 병으로 죽자, 그때부터 술에 빠진 양아버지의 폭력에 시달리고 있었다.

네 번째 제나는 11살의 코나라는 이름으로 데메르 행성의 원시 시대에 살고 있었는데, 부족이 모여 불에 구운 생선을 맛있게 뜯어 먹고 있었다.

이외에도 수없이 많은 또 다른 제나들을 보고 나서, 제나는 깊은 생각에 잠기더니 부탁했다.

"세인트 행성의 보라에 대해 더 자세히 알고 싶어요."

"네, 자세히 보여 드리겠습니다."

제나는 진지한 표정으로 스크린에 집중했고, 시간이 흐른 뒤에 만족한 듯 말했다.

"정말 감사합니다. 이제 떠나야겠어요."

"그럼 안녕히 가십시오, 제나."

제나는 목소리를 향해 인사한 뒤 건물에서 나왔다. 우주선이 곧 힘차게 날아올랐다.

"제나는 지구가 아니라 티에라 행성으로 갔구나. 티에라 행성도 정말 있었어. 《우주의 불가사의한 행성들》은 익명의 우주 탐험가가 쓴 게 확실해. 글로 남겼지만 사람들이 믿지 않아서 찾아가지 않는 거였어. 근데 제나는 왜 보라에게 관심을 갖는 걸까?"

별은 모르겠다는 듯 고개를 흔들더니 다시 책으로 시선을 옮겼다.

제나의 우주선은 깊은 밤 한 시골 마을 숲속에 착륙했다. 우주선에서 내린 제나는 주위를 살피더니 빠른 걸음으로 마을로 향했다. 곧 여러 집을 지나 외딴곳에 있는 작은 집에 도착했다. 다들 잠든 시간인데 이 집만은 불이 켜져 있었다. 제나는 창을 통해 안을 살펴보았다. 제나와 똑같은 모습의 보라가 겁에 질린 채 구석에 웅크리고 앉아 울고 있었다. 감기에 걸린 듯 중간중간 기침을 했다.

보라의 양아버지는 자신의 불행이 모두 보라 탓인 양 술에 취해 욕을 하며 그릇들을 내던졌다. 그러더니 이번엔 보라에게 다가갔다. 보라는 벌떡 일어나 온 힘을 다해 양아버지를 밀치고 밖으로 뛰쳐나왔다. 양아버지가 쫓아와 막 보라를 잡으려는 순간 제나가 튀어나와 양아버지의 다리를 걸었다. 양아버지가 넘어지자, 제나는 보라의 손을 잡고 달렸다. 양아버지는 보라를

부르며 쫓아오기 시작했다.

보라와 제나는 숲을 향해 달렸다. 보라가 돌부리에 걸려 넘어
졌다. 일어서긴 했지만 잘 걷지 못했다. 제나는 얼른 보라를 업
고 달렸다. 양아버지가 긴 나뭇가지를 들고 바로 뒤에서 쫓아
오고 있었다. 거리가 점점 좁혀져 곧 잡힐 것만 같았다. 제나
는 보라와 근처 커다란 바위 뒤로 얼른 숨었다. 양아버지는 아
이들이 안 보이자, 나뭇가지를 휘두르며 주변을 뒤지기 시작했
다. 그때 숨죽이고 있던 보라가 기침을 했다. 양아버지는 눈을

번뜩이며 아이들이 숨어 있는 바위 쪽으로 점점 다가왔다. 한
발짝만 더 내디디면 들킬 게 뻔했다.

"아, 안 돼! 제나! 이러다 들키겠어. 내가 도와줘야 하는데······.
어떡해야 하지?"

별은 제나와 보라가 잡힐까 봐 가슴 졸이다 소리쳤다. 그러자
아까처럼 제나를 부르기 바로 전까지 읽었던 문장 뒤의 글들이
모두 사라지더니, 그 자리에 또 뭔가가 나타났다.

▌MMXIIVXXV = □□□□□□□ _ _ _!

"뭐야? 또 문제가 나타났잖아."

별은 곰곰이 생각하더니 말했다.

"아, 그러고 보니 제나가 위험할 때마다 내가 제나를 부르며 소리쳤어. 그럼 문제가 나타나고, 문제를 맞히면 책 속으로 들어가 제나를 도와줄 수 있는 거구나."

별이 언제 문제가 나타나는지, 어떻게 책 속으로 들어가는지 알았다는 듯 소리치자 책이 말했다.

"맞아, 이제 알아냈구나. 이번에도 제나를 도와주고 싶다면 5분 안에 혼자 힘으로 여섯 개의 빈칸에 알맞은 답을 채워 넣으렴."

"알았어요."

별은 이제 당황하지 않고 대답하더니, 문제를 뚫어져라 쳐다보았다.

"좋아, 시작하자!"

휴대폰에서 타이머 기능이 작동하며 시간이 5분으로 맞춰졌다.

"밑줄 세 개는 정답을 맞히면 글자가 나타나는 거니까 생각할 필요 없어. MMXIIVXXV는 뭘 의미하는 거지? 혼자 하랬으니까 인터넷도 책도 찾아볼 수 없잖아. 영어 단어인가? 뭐라고 읽는 거야, 도대체? 앞의 문자는 9개, 네모 칸은 8개, 근데 이 둘이 같다는 거잖아. 알파벳 o가 2개 들어가면서 8개로 이루어진

110

영어 단어가 뭘까?"

머리를 쥐어짜 내던 별은 책에 대고 불만스럽게 말했다.

"아, 이건 천재들이나 풀 수 있는 문제라고요. 저를 너무 과대평가하시는 거 아니에요?"

책은 아무 말이 없었다. 별은 휴대폰을 들여다보았다. 시간은 인정사정없이 흘러가고 있었다. 답답한 마음에 괜히 타이머의 변해 가는 숫자를 노려보았다. 그러다 소리쳤다.

"맞아, 내가 왜 그 생각을 못 했지? 네모 칸에 있는 두 개의 글자는 알파벳 o가 아니라 숫자 0일지도 몰라. 그렇다면 왼쪽 9개의 문자는 숫자를 나타내는 게 되지."

번뜩 머릿속에 뭔가 스쳐 지나가자, 별은 갑자기 책상 위 탁상시계를 쳐다보았다.

"그래. 이건 글자가 아니라 역시 숫자야, 숫자! 로마 숫자라고!"

탁상시계는 로마 숫자로 표시되어 있었다. 이 탁상시계를 샀을 때 솔과 로마 숫자가 멋있다며 숫자를 로마 숫자로 바꿔 읽는 법을 공부했던 게 생각났다.

"그럼 X는 10이고 I는 1이야. V는 5를 뜻해. M은 뭐였더라? 알았는데 생각이 안 나네. M M X I I V X X V 에서 일단 M 두 개는 빼고 읽으면 10, 1, 1, 5, 10, 10, 5잖아. 근데 □□□□□□□□ 에 들어맞질 않네. 도대체 뭘 뜻하는 숫자지? 다른 방법으로 읽어 봐야겠어.”

별은 다시 탁상시계를 들여다보았다.

“그래, XI는 11이고 만약 XII로 읽으면 12가 돼. 그리고… 아
니야, 이러니까 더 헷갈리네. 분명 힌트가…, 맞아! 저번에도 힌
트는 나왔지. 이번에도 나랑 관련된 숫자가 아닐까?”

별은 입속으로 중얼거리더니 소리쳤다.

“맞아, XII는 12, V는 5, XXV는 25야, 그럼 M은 뭐지? 아, 이
제 생각났다. M은 1000이었어. M이 두 개니까 2000이야. 그
럼 MMXII는 2012, V는 5, XXV는 25, 나랑 솔의 생일인 2012
년 5월 25일을 말하는 거야. 그럼… 네모 칸에 들어갈 숫자들

은……."

별은 얼른 연필을 들어 빈 네모 칸을 빠르게 채워 나갔다. 글씨가 더욱 선명해지더니 예상대로 밑줄 위에 '들어와'라는 글자가 나타났다. 동시에 타이머 알림음이 울렸다.

"야, 맞았다, 맞았어! 간신히 시간 안에 맞혔네. 하마터면 여기서 이야기가 끝날 뻔했어, 휴우!"

별은 가슴을 쓸어내리며 안도의 한숨을 내쉬었다. 그리고 'M M X I I V X X V = 20120525 들 어 와!' 문장에 검지손가락을 가져다 댔다. 빛나는 보라색 작은 원이 생기고 곧 페이지 전체가 보라색으로 변하자, 손을 쑥 밀어 넣었다. 몸이 가벼워지며 붕 뜨

더니 책 속으로 빨려 들어갔다. 휴대폰 타이머 시간이 30분에 맞춰지더니 흘러가기 시작했다.

또다시 책 속으로 들어온 별은 커다란 돌을 주워 제나와 보라가 숨어 있는 바위 반대편으로 세게 던졌다. 보라의 양아버지가 소리 난 곳을 쳐다보았다. 별은 일부러 돌이 떨어진 곳으로 뛰어가며 큰 소리로 기침을 해 댔다. 양아버지는 고개를 갸웃거리더니 별 쪽으로 빠르게 걸어왔다. 별은 달리기 시작했다. 달리기라면 자신 있는 별은 술에 취한 양아버지에게 잡히지 않을 거라 확신하며 마을을 향해 달렸다. 양아버지도 힘껏 달려 쫓아왔다. 어두워서 잘 보이지 않는 게 다행이었다. 별이 전속력으로 뛰어다니자, 지친 양아버지는 주저앉아 버렸다. 별은 재빨리 숲으로 돌아와 제나와 보라가 숨었던 바위로 다가갔다. 아무도 없었다.

"책 속에 머물 수 있는 시간은 딱 30분이니까 빨리 찾아야 해."

숲을 돌아다니던 별은 다행히 곧 우주선을 발견했다. 하늘이 푸르스름해지고 있었다. 제나와 보라가 우주선 근처에 앉아 이야기하고 있었다. 알 수 없는 외계어였다.

"제나! 나야 나, 별."

별은 제나를 부르며 달려갔다. 제나는 깜짝 놀라 벌떡 일어섰다.

"별, 어떻게 온 거야? 여기 있는 건 어떻게 알았어?"

"말했잖아. 난 너에 대해 다 안다고. 보라의 양아버지는 마을 쪽으로 따돌렸어."

"그럼, 우리를 구해 준 게 너였구나. 어쩐지 이상하더라. 정말 고마워, 넌 내 수호천사 같아."

"친군데 당연히 도와야지. 근데 보라한테 관심 있는 건 알았지만 진짜 올 줄은 몰랐어."

"여기 세인트 행성에 사는 보라가 제나들 중 가장 불행했어. 그래서 온 거야."

별과 제나의 대화를 알아듣지 못하는 보라는 계속 두 사람을 쳐다보기만 했다. 어둠이 완전히 걷힌 뒤, 제나의 얼굴을 본 보라는 놀란 듯 시선을 고정한 채 눈을 동그랗게 뜨고 있었다. 그러더니 벌떡 일어나 걸어가려다 넘어졌다. 제나가 다가가 잡아 주려 하자 손길을 피했다.

"좀 전까지는 어두워서 몰랐다가 날이 밝으며 날 보고 놀랐나 봐. 똑같이 생겨서."

"그런가 보다. 근데 정말 둘이 완전 똑같아. 키도, 몸집도. 이제 보라를 어떻게 할 거야?"

"지구로 데려갈 거야. 이곳에 대해 알아봤는데 지구와 아주 비슷해. 특히 별 네가 사는 시대랑."

"지구에 가면 보라는 어디서 지내게 되는 거야? 적응은 잘할까?

게다가 너랑 똑같은데 괜찮겠어? 만약 엄마, 아빠가 보시면……."

"일단 별장에 계신 박사님한테 데리고 갈 거야. 이미 생각해 놓은 게 있거든."

"근데 보라가 따라갈까? 내가 말만 통하면 잘 설득해 보겠는데……."

"말은 안 통해도 네가 있으면 도움이 될 거야."

제나의 말에 별은 움츠리고 있는 보라한테 다가가 따뜻하게 꼭 안아 주었다. 보라는 벗어나려고 애쓰다가 별이 머리를 부드럽게 쓰다듬자 가만히 있었다. 얼른 제나가 다가갔다.

"보라야, 무서워하지 마. 난 너와 아주 비슷한 것뿐이야. 이 애는 내 친구 별이야. 우린 널 지구로 데려가서 행복하게 해 줄 거야. 너도 원하는 거잖아. 그러니까 지구로 가자, 보라야."

제나는 보라의 손을 꽉 잡았다. 보라는 잠시 생각하더니 별과 제나의 눈동자를 바라보았다.

13. 소망을 이루기 위한 제나의 계획

우주선은 이제 지구를 향해 힘차게 날아가고 있었다. 별이 제나에게 말했다.

"제나, 저번에 내가 갑자기 사라져서 놀랐지? 지금도 곧 그렇게 될 거야. 내가 순간 이동을 하긴 하는데 언제 하는지 정확히 몰라서 말이야."

"넌 정말 신기한 능력이 있구나. 근데 떨어져 있어도 나한테 일어나는 일을 다 아는 것 같아, 위험할 때마다 도우러 오는 걸 보면. 어떻게 그럴 수 있는 거니?"

"그건…, 네가 아까 그랬잖아. 내가 너의 수호천사냐고. 그냥 그렇게 생각해 주면 좋겠어."

"말하기 곤란하구나. 알았어. 힘들 때마다 네가 곁에 있어서 큰 힘이 돼."

제나가 말하며 별의 손을 잡는 순간 별의 모습이 흔들리더니 사라져 버렸다.

"별이 또 순간 이동해 버렸네."

아쉬워하던 제나는 긴장과 두려움에 싸여 있는 보라를 복잡한 심정으로 쳐다보다 말했다.

"지아, 이제 박사님께 메시지를 보내야겠어. 준비해 줘."

슈슈슉! 쿵!

별은 순식간에 책에서 나와 자기 방 의자에 앉아 있었다. 얼른 휴대폰을 보았다. 시간이 다 흘러 타이머가 멈춰 있었다.

"30분은 너무 짧은데……. 아, 아쉽다. 제나가 지구에 도착해서 어떻게 할지 빨리 읽어 봐야지."

별은 얼른 책으로 시선을 옮겼다. 책 속에 들어가기 전에 풀었던 문제 밑으로 문장들이 다시 채워져 있었다.

지구 대기권으로 진입한 우주선은 곧 한적한 숲속에 자리한 박사의 별장을 향해 비행을 계속했다. 박사는 넓은 마당에 서서 초조한 표정으로 어두운 하늘만 바라보고 있었다.

마침내 푸른빛을 띤 원반형 우주선이 시야에 들어왔다. 곧 우

주선이 마당에 착륙했다. 문이 열리고 제나가 나오더니 박사를 향해 달려왔다. 박사는 제나를 꼭 안아 주었다.

"박사님, 저 때문에 걱정 많았죠?"

"그래, 그걸 아는 녀석이 통신을 차단해 버렸니? 아무튼 무사히 돌아와서 기쁘구나. 근데 얼마 전 네 부모님이 연락도 없이 별장에 왔다가 모든 걸 알아 버렸단다. 너희 엄마가 이틀을 꼬박 앓아누웠다 일어나서 널 찾으러 우주로 나가겠다는 걸 간신히 말렸어. 어서 부모님을 만나러 가자꾸나. 소원을 이뤘든 못 이뤘든 무사히 돌아온 것만으로도 기뻐할 거다."

"아직은 그럴 수 없어요. 엄마, 아빠한테는 제가 돌아온다는 말안 하셨죠, 약속대로? 박사님께만 드릴 말씀이 있어요."

제나는 곧 우주선으로 들어가더니 보라를 데리고 나왔다. 보라를 본 박사는 너무 놀라 뚫어지게 쳐다보았다. 보라는 겁먹은 표정으로 제나에게 딱 붙어 있었다. 제나는 곧 보라의 모든 걸 박사에게 알려 주었다.

허기진 보라를 배불리 먹인 박사는 방으로 데려가 보라가 알아들을 수 있는 외계어로 말했다.

"보라야, 네 얘기 다 들었다. 여기 지구는 네가 살던 곳보다 60년 정도 앞서 있고, 곳곳에서 각종 로봇이나 플라잉카, 개인 우주선도 볼 수 있을 거다. 지내다 보면 나쁜 기억은 사라지고 행복한 기억들이 쌓일 거야. 다리도 괜찮아졌고 오느라 힘들었을 테니 편히 쉬어라."

박사는 보라를 안심시키고 방에서 나갔다. 보라는 침대에 누웠다. 그러고는 곧 잠들어 버렸다.

박사가 소파에 앉자, 제나는 우주여행을 하며 겪었던 일들을 자세히 말해 주었다.

"불가사의한 행성들이 실제로 존재한다니 정말 놀랍구나. 그런데 라이아 행성이 거대 곤충의 혹성으로 변해 버린 데다 이미 토르는 처음부터 네 소망을 이루어 줄 수 없었다니. 충격이 컸겠구나, 제나야. 그럼 지구로 곧장 돌아왔어야지 왜 티에라 행성에 가서 제나의 또 다른 존재들을 알아보고 보라를 데려온 거냐? 무슨 생각으로?"

박사는 이해가 안 간다는 듯 물었다. 제나는 한참 망설이더니 진지한 표정으로 대답했다.

"사실을 말하면 저한테 아주 실망하실 거예요. 아니, 절 만드신 걸 후회하게 될지도 몰라요."

"그게 무슨 뜻이냐?"

"제가 티에라 행성에 간 이유를 알고 싶으세요? 또 다른 제나들 중에서 제 나이와 같은 가장 불행한 아이를 찾아 그 아이가 되려고 그랬어요. 박사님께 부탁해서 그 아이의 기억을 지운 뒤에 제 인공지능 칩을 두뇌에 이식하고, 그 아이의 감정과 의식, 영혼까지도 완벽하게 통제해서 인간이 되고 싶은 저의 소망을 이루려고요. 그러면서 그 아이를 불행에서 벗어나게 하는 거라고 합리화했어요. 하지만 솔직히 그건 그 아이를 죽이는 거나 다름없잖아요. 저 정말 이기적이고 나쁜 아이죠?"

박사는 아무 말도 못 했다. 하지만 제나의 소망이 얼마나 간절한지 알 것 같았다.

"하지만 생각이 바뀌었어요. 학대받고 고통스러워하는 보라를 직접 보니까 제가 당하는 것처럼 아프고 괴로웠어요. 그러면서 보라를 이용하려 했던 제가 너무 부끄럽고 무서워졌어요. 보라한테 미안해서라도 정말 행복하게 해 주고 싶어요."

"그럼 이제 너와 보라 둘 다 엄마, 아빠와 행복하게 살면 되겠구나. 그게 네가 원하는 거지?"

"아니요. 보라가 있으면 전 필요 없어요. 제나가 둘일 필요도, 또 둘일 수도 없으니까요."

"그럼 넌 어떻게 하고 싶은 거니, 제나?"

"보라의 나쁜 기억을 없애고 그 대신 저의 기억을 주입하면 보라는 자신을 저라고 생각하게 될 거예요. 그럼 보라는 아무 피해 없이 기억과 이름만 바뀐 채 소원대로 행복해질 수 있어요."

"그럼, 넌… 넌 어떻게 되는 거냐?"

잠시 말이 없던 제나가 대답했다.

"전 세상에서 사라지는 거예요. 제가 존재한다면 엄마, 아빠에게 인간이 되어 돌아왔다고 할 수 없으니까요."

박사는 상상도 못 한 제나의 계획에 당황했다. 곧 화난 듯 단호하고 격한 어조로 말했다.

"그건 말도 안 된다. 절대 있을 수 없는 일이야. 그런 부탁은 들어주지 않을 거다, 절대!"

박사는 벌떡 일어나 창가로 걸어갔다.

긴 침묵이 흐르고 제나가 다가와 박사의 손을 잡아끌고 보라가 자고 있는 방으로 들어갔다.

경계심을 푼 보라가 깊은 잠에 빠져 있었다. 편안한 얼굴로 잠든 모습을 보자 그동안 얼마나 양아버지 눈치를 보며 잠 한번 편하게 못 잤는지 알 것 같았다.

"보세요, 박사님. 보라의 표정을. 기억을 잃은 뒤로 한순간도 행복한 적이 없었대요. 그런 보라에게 행복을 선물하고 싶어요. 그럼 저도 행복할 거예요. 보라가 저고 제가 보라니까요. 그리고 엄마, 아빠도 절대 실망시키고 싶지 않아요. 인간이 되어 돌아왔다고 하면 얼마나 기뻐하시겠어요. 그러니까 제발 부탁을 들어주세요. 제발요, 네?"

제나는 굳은 의지가 담긴 눈빛으로 박사의 팔을 붙잡고 간절히 애원했다. 그러더니 침대로 다가가 잠든 보라에게 사파이어 팔찌를 채워 주었다.

밤이 지나고 새벽이 될 때까지 고민하던 박사는 마침내 제나에게 말했다.

"제나야, 다시 생각해 보렴. 생각만 바꾸면 너희 둘 다 행복해질 수 있어."

"아니요, 소망이 영원히 사라져 버린 지금 예전처럼 행복해질 수는 없어요. 희망도 기대도 없으니까요. 제가 진정으로 행복하길 바라신다면 제가 원하는 대로 해 주세요. 제발…, 제발요!"

제나의 간절한 애원에 박사는 눈을 감더니 한숨을 길게 내쉬었다.

제나는 침대에 누웠다. 그리고 침대 곁에서 슬프게 바라보고 있는 박사에게 말했다.

"죄송해요, 어려운 부탁만 드려서. 저를 세상에 태어나게 해 주시고 사랑도 행복도 알게 해 주셔서 감사했어요. 박사님, 사랑해요."

"그래, 제나야, 나도 사랑한다. 너도 지켜봐서 알겠지만 이제

보라는 최면 치료로 나쁜 기억은 모두 잊었단다. 불안해하는 보
라에게 안정제를 투여해서 또 잠이 들었다. 제나야, 마지막으
로 묻겠다. 이게 정말 네가 원하는 거니, 진심으로?"

"네, 진심이에요. 어서 제 생명 스위치를 끄고 인공지능 칩에서
언어 기능과 메모리 기능을 제외한 나머지는 모두 정지시킨 후
보라에게 이식해 주세요. 전 준비됐어요."

제나는 미소 지으며 눈을 감았다.

'엄마, 아빠, 인간도 아닌 저를 친딸처럼 사랑해 주셔서 감사했
어요. 저 같은 못된 아이는 딸이 될 자격이 없어요. 이제 보라와

행복하세요. 안녕! 엄마, 아빠!'

마음속으로 마지막 인사를 할 때 박사의 목소리가 들려왔다.

"가장 행복했던 기억을 떠올리거라. 사랑한다, 제나야!"

박사는 눈물이 그렁그렁한 채 제나의 생명 스위치인, 오른쪽 귀 뒤에 있는 점처럼 보이는 검은색 버튼으로 떨리는 손가락을 가져갔다.

"아… 안 돼, 제나야! 박사님, 제발 그러지 마세요, 안 돼요! 멈 춰요!"

별은 놀라서 소리쳤다. 박사가 절대 들어주지 않을 거라 확신 했던 별은 박사가 생명 스위치를 끄려고 하자 당황했다. 그러더 니 무슨 생각인지 책을 뚫어져라 쳐다보았다.

"어, 왜 문제가 안 나타나지? 제나가 위험할 때 내가 소리치면 나타나는 거 아니었어?"

아무 일도 생기지 않자, 별은 고개를 갸웃거리다 실망한 듯 중 얼거렸다.

"이번엔 위험에 빠진 게 아니라 제나 스스로 한 선택이라서 그 런가? 아, 어쩌지? 제나야, 보라를 이용하려는 네 계획을 알고 놀 라긴 했지만, 널 이해해. 그런데 왜 그런 선택을 한 거니, 왜? 게 다가 어떻게 박사님이 그럴 수 있지? 제나가 아무리 원한다 해도. 너무해, 정말!"

별의 눈에 어느새 눈물이 맺혔다. 별은 눈물이 어린 채 다시
시선을 책으로 옮겼다.

14. 안녕, 나의 특별한 친구

눈을 뜨자 제일 먼저 엄마, 아빠의 얼굴이 보였다. 엄마는 눈물을 글썽이며 제나를 꼭 안았다.

"제나야, 잘 잤어? 무사히 돌아와서 정말 기쁘구나. 이제 절대 우리 곁을 떠나면 안 돼, 알았지? 근데 곧장 집으로 오지 왜 별장으로 왔니? 어서 집에 가자, 우리 딸."

"어… 어떻게 된 거예요, 엄마? 제가 왜……?"

제나가 어리둥절해서 있을 때 박사가 보라를 데리고 방으로 들어오며 말했다.

"어떻게 되긴. 우주여행으로 너무 많은 에너지를 소모해서 이참에 푹 쉬라고 잠 좀 자게 했지. 전보다 더 힘이 넘칠 거다, 하하하!"

128

엄마와 아빠가 보라와 함께 산책하는 동안 박사와 제나는 테라스에 나와 있었다.

"제나야, 이번 부탁은 절대 들어줄 수 없었다. 소망을 이룰 수 없어서 실망도 컸겠지만, 그보다는 보라를 이용하려던 자신을 용서할 수 없어서 그런 결정을 내렸을 테니까."

제나는 고개를 떨구더니 사파이어 팔찌를 만지작거리며 대답했다.

"역시 박사님은 못 속이겠어요. 그런 무서운 계획을 세운 제가 너무 부끄럽고 끔찍했어요. 모두의 얼굴을 똑바로 볼 자신이 없었거든요."

"별장에서의 일은 우리만의 비밀로 하자. 참, 네 부모님이 보라를 보고 놀라긴 했지만, 사연을 듣고는 입양하기로 했단다."

"정말 잘됐어요. 근데 박사님, 전 제가 착한 줄만 알았는데 이번에 알게 됐어요. 제 마음속에 악마 같은 면도 있다는 걸요."

"하하하! 넌 이제 정말 인간이나 다름없구나. 제나야, 인간의 마음속엔 천사와 악마가 공존한단다. 상황에 따라 누구의 속삭임에 귀 기울일지 선택하며 살아가지. 그런데 네가 이번에 그런 경험을 했구나. 양심의 가책 때문에 남을 위해 자신을 포기하려고 한 걸 보면 넌 착한 아이야. 이제 자신을 용서하고 밝은 제나로 돌아오너라. 그런데 아직도 소망을 이루지 못해서 괴로운 거니?"

"이젠 아니에요. 생명 스위치가 꺼졌다 다시 켜지면서 새로 태어난 기분이에요. 그러면서 생각을 바꿨어요. 어쩌면 제가 누군가에겐 소망의 대상일지도 모른다는 생각이 들었거든요. 많은 사람이 건강한 몸으로 더 오래 아니, 영원히 살기를 꿈꾸잖아요. 그래서 어떤 사람들은 신체를 기계로 바꾸려고도 하니까요. 이제 저 자신한테 만족하며 살 거예요."

"그래, 잘 생각했다. 보라는 너한테 아주 고마워하고 있단다. 소망을 이루어 줬으니까. 넌 보라와 엄마, 아빠 모두에게 원하던 선물을 준 거란다. 의도는 잘못됐지만 모두 행복한 결말을 맞아서 다행이구나. 참, 네가 15살이 되면 그 나이에 맞는 신체를 선물할 생각인데, 어떠냐?"

"정말요? 너무 좋아요. 20살이 되면 한 번 더 해 주세요. 그럼 소원을 이룬 거나 다름없어요."

"약속하마. 그땐 인간들이 너의 영원한 젊음을 오히려 부러워할 거다. 제나야, 난 곧 티에라 행성에 갈 거란다. 벌써 흥분되고 떨리는구나."

"혹시 저처럼 또 다른 박사님과 같이 오는 건 아니겠죠, 설마?"

"그야 모르지."

박사가 장난스럽게 한쪽 눈을 찡긋하며 웃었다. 제나도 따라서

웃을 때 엄마와 아빠, 보라가 테라스로 왔다. 보라는 제나에게 다가와 밝게 웃으며 손을 꼭 잡았다.

"제나야, 네 덕분에 예쁜 딸이 하나 더 생겼구나. 우리 넷이 행복하게 살자."

엄마가 뒤에서 제나와 보라의 어깨를 감싸 안으며 말했다. 아빠도 두 팔 벌려 모두를 안았다.

모두 잠든 밤, 창가에서 반짝이는 별들을 바라보며 우주에서의 일을 떠올리던 제나는 잊고 있던 별이 생각났다. 어디서 뭘 하든 별은 다 알 거란 생각에 밤하늘을 보며 말했다.

"강별! 이제 다시 만날 수 없는 거니? 네가 아니었으면 지금 난 여기 없었을 거야. 위험할 때마다 도와줘서 고마웠어. 난 이제 행복해. 우주여행이 나를 돌아보는 좋은 계기가 됐거든. 넌 모라플라네타 행성에 가서 소망을 이루었니? 아직 안 갔다면 꼭 그렇게 됐으면 좋겠다. 난 널 평생 특별한 친구로 가슴속에 간직할 거야. 안녕! 나의 소중하고 특별한 친구, 별!"

제나는 눈을 감고 별의 모습을 그려 보며 미소 지었다.

'제나 이야기'는 이렇게 끝을 맺었다.

"아, 제나는 소망을 이룬 것처럼 행복해졌어. 게다가 다른 사

람들까지도 행복하게 만들었어. 보라는 행복해지고 싶은 소망을 이뤘고, 부모님도 보라를 통해 제나의 성장하는 모습을 볼 수 있게 됐으니까. 근데 진짜 마지막까지 가슴 졸이며 읽었네. 아무튼 정말 잘됐다, 해피엔딩이라서. 아, 티에라 행성에 가는 박사님이 너무 부럽다. 나도 모라플라네타 행성에 갈 수 있으면 얼마나 좋을까? 그나저나 이렇게 끝나 버려서 정말 섭섭하네. 나도 작별 인사는 해야지, 제나는 못 듣겠지만. 제나야, 처음 봤을 때 정말 놀랐어. 인간하고 똑같아서. 넌 착하고 멋진 친구야. 나도 널 소중하고 특별한 친구로 영원히 기억할게, 안녕!"

별은 아쉬워하며 제나와 함께한 순간들을 떠올렸다. 다시 책으로 시선을 옮긴 별은 마지막 페이지로 넘어갔다. 지은이가 나와 있었는데 서령과 강별이었다. 자신의 이름 아래 사진이 있고 별명은 강스타, 책벌레, 꿈은 고고학자라고 소개돼 있었다.

"헌책방 아주머니 이름이 서령인가? 와, 내 이름도 있잖아. 내가 책 속에 들어가 제나를 도우면서 이야기가 전개돼서 그런가 보네. 정말 이 책은 끝까지 놀라게 하는구나."

별이 신기하다는 듯 책에서 눈을 떼지 못하고 있을 때 휴대폰이 울렸다. 엄마였다.

"네, 엄마. 이모가 늦게 올 거라서 11시쯤 오신다고요? 알았어요. 저녁은 걱정 마세요."

전화를 끊은 별은 시간을 확인했다. 오후 5시 55분이었다. 잠시 생각하다 혼잣말을 했다.

"엄마가 늦게 오신다니 지금 책을 돌려주러 가야겠다. 아직 문 안 닫았을 거야. 근데 왜 이 책이 나한테 꼭 필요한, 내가 원하는 걸 이루어 줄 책이라고 한 걸까? 잘 모르겠네."

15. 별의 이야기

공원에 도착한 별은 서령 헌책방을 찾아갔다. 헌책방이 보이자, 가슴이 쿵쾅거리며 온몸에 강한 전율이 흘렀다. 열린 문 앞에 앉아 있던 오드아이 고양이는 별을 보자 안으로 들어갔다. 별이 따라 들어가자 문이 닫혔다. 별은 주인 여자에게 인사한 후 곧바로 책을 건넸다.

"정말 신기한 책이던데요. 책이 말을 걸기도 하고, 갑자기 문제들이 나타나 정답을 맞히면 책 속으로 들어가 제나를 만나기도 했어요. 또 글자들이 순식간에 사라졌다 다시 나타나기도 하고요. 근데 왜 뒤 페이지나 결말을 미리 보면 안 되는 거죠?"

"사실 네가 책을 받았을 때는 결말이 정해져 있지 않은 백지 상태였단다. 네가 선택의 갈림길에 섰을 때, 바로 그 뒤 페이지도 역시 백지였지. 그러다 네 선택에 따라 박사가 결정을 내리면서 다시 이야기가 전개된 거란다. 또 제나가 네 도움으로 무사히 돌아와 결국 해피엔딩을 맞았지만, 네 도움이 없었다면 우주여행 중 잘못돼서 불행해질 수도 있었어. 너 스스로 결말을 만들었다는 얘기야. 만약 규칙을 어기면 이야기는 백지상태로 끝나 버리는 거란다."

"아, 그렇구나. 그럼 이 책을 끝까지 읽으려면 인내심도 필요하고 약속도 꼭 지켜야겠네요."

"그렇지. 별아, 난 책의 정령인 '서령'이란다. 책의 힘을 믿으며 희망을 버리지 않고 간절한 소망이 이루어지길 바라는 사람들을 이곳으로 데려오지. 넌 선택된 사람이야."

"근데 왜 이 책이 원하는 걸 이루어 줄 수 있는 유일한 책이라고 하셨죠? 제가 원하는 건……."

"모라플라네타 행성에 가서 네가 원하는 과거로 간 후 모든 걸 되돌리는 거지?"

"네, 맞아요."

서령은 책의 마지막 장을 펼쳐서 보여 주었다. '별의 이야기'란 소제목만 쓰여 있었다.

"어? 마지막 장엔 지은이가 나와 있고 그 뒤는 바로 책 표지였는데. 어떻게 된 거지?"

서령은 말없이 소제목에 손가락을 갖다 댔다. 순식간에 페이지 전체가 보라색으로 변했다.

"넌 모라플라네타 행성의 존재를 믿으며 규칙에 따라 이 책을 다 읽었어. 그래서 선물을 줄 거란다. 이제 너의 이야기가 시작될 거야. '제나 이야기'처럼 해피엔딩으로 만들어 보렴."

"저, 정말요?"

별은 상상만 하던 일이 막상 현실이 되려 하자 심장이 튀어나올 것처럼 가슴이 쿵쾅거렸다. 온몸은 전기가 흐르듯 찌릿했다. 별은 곧 정신을 바짝 차리고 다짐했다.

'간절히 바라던 기적이 일어날 기회가 드디어 왔어! 모든 걸 되돌려 놓겠어, 반드시!'

별은 심호흡을 한 뒤 떨리는 손을 보라색 페이지에 대고 쑥 밀어 넣었다. 순식간에 책 속으로 빨려 들어갔다.

책 속으로 들어온 별은 주위가 너무 밝아 눈이 부셨다. 둘러보니 공중에 떠 있는 투명한 원기둥 안에 서 있었다. 원기둥은 꽤 큰 금빛 피라미드 안, 정중앙에 떠 있었다. 별이 신기한 듯 주위를 둘러볼 때 목소리가 들렸다.

"여기는 시간의 별, 모라플라네타 행성입니다! 당신은 지금 '2025년 5월 25일 오후 7시' 타임머신 안에 있습니다. 이 안에 있는 동안은 시간이 정지됩니다."

목소리는 마치 텔레파시로 소통하듯 머릿속에서 들리는 것 같았다. 별이 당황할 때 목소리가 또 들렸다.

"말하는 대신 하고 싶은 말을 떠올리면 됩니다. 강별, 당신이 원하는 시간으로 보내드리죠. 단, 과거에는 딱 한 시간만 머물 수 있습니다. 명심하세요. 시간이 다 되면 당신은 현재로 되돌아갑니다. 자, 어느 시간으로 가고 싶으신가요?"

별은 심장이 두근두근 뛰었다. 딱 한 시간뿐이라는 말에 정신을 바짝 차리고 곧 시간을 계산하며 계획을 세웠다. 그런 후 돌아가고 싶은 시간을 머릿속으로 정확히 떠올렸다.

'2024년 6월 18일 오후 3시 30분으로 보내 주세요. 꼭 부탁드려요.'

"네, 알겠습니다. 눈을 감으십시오. 이제 작동을 시작합니다!"

별이 눈을 감자 피라미드 바닥 중앙에서 붉은 회오리가 일더니 점점 커지고 강해지며 원기둥을 감쌌다. 곧 별은 붉은 회오리에 휩싸여 전혀 보이지 않게 되었다. 다음 순간 붉은 회오리가 순식간에 흩어지자, 별도 금빛 피라미드의 투명한 원기둥 안에서 사라져 버렸다.

별은 어딘가로 떨어진 느낌에 떨리는 가슴을 진정시키며 천천히 눈을 떴다. 책상 위에 조립 중인 미니어처 하우스와 도구들이

어지럽게 널려 있는 게 보였다. 그리고… 바로 옆 책상에서 솔이 책을 읽고 있었다. 그 모습을 본 순간 눈물이 왈칵 쏟아졌다. 별은 솔을 꽉 껴안았다.

"드디어… 드디어 과거로 왔어!"

별의 갑작스러운 행동에 놀라서 잠시 그대로 있던 솔이 별을 떼어 내며 걱정스럽게 물었다.

"무슨 소리야? 과거로 왔다니. 너 왜 그래? 무슨 일 있어?"

별은 얼른 눈물을 닦으며 대답했다.

"아, 아니야, 그냥 네가 너무… 너무 좋아서…….."

"얘는… 너 일부러 우는 척하는 거지, 또 부탁하려고, 그치?"

"아니라니까. 정말 너무 좋아서 그래. 이제 내 일은 꼭 내가 할 거라고."

별이 울먹이며 말할 때 휴대폰이 울렸다. 얼른 목소리를 가다듬고 전화를 받았다.

"흠흠, 하윤이구나. 코스프레 의상 돌려 달라고? 4시에 지마트 앞에서? 아니야, 내가 너희 집으로 지금 가져갈게."

별은 휴대폰을 끊더니 다시 책에 빠진 솔한테 말했다.

"솔아, 나갔다 올 테니까 어디 가지 말고 집에 있어, 꼭! 알았지?"

"알았어. 계속 책 읽고 있을게. 한참 재미있거든."

"킥보드 타고 쌩하니 다녀올게!"

별은 침대 옆에 있는 쇼핑백을 들고 방에서 나왔다. 킥보드를 가지고 현관문을 막 나서려는데 솔이 별을 부르며 급하게 방에서 뛰어나왔다.

"이럴 줄 알았어. 너 또 그냥 가려고 했지? 엄마가 킥보드 탈 때 꼭 헬멧 쓰라고 했잖아."

"잠깐인데 뭐 어때? 답답하고 귀찮단 말이야. 금방 올 거니까 그냥 갈래."

"안 돼, 절대!"

조심성 많은 솔은 얼른 현관 장에서 헬멧을 꺼내 별의 머리에 억지로 씌웠다. 집에서 나와 킥보드를 타고 쌩쌩 달려 친구 집에 도착한 별은 하윤이에게 쇼핑백을 건네주었다. 인사하고 돌아서며 휴대폰으로 시간을 확인했다. 3시 59분이었다. 별은 집으로 향했다. 가는 길에 핫도그 가게를 지나치는데 솔 생각이 났다.

"솔이 핫도그 엄청 좋아하는데. 과거로 돌아온 기념으로 사다 줘야지."

가게로 들어가자 5분 정도 기다리라고 했다. 그 정도 여유는 있다는 생각에 기다려서 핫도그를 산 후 다시 집으로 향했다. 아파트에 도착하니 4시 27분이었다. 이제 3분만 있으면 현재로 돌아가서 다시 솔을 만날 수 있는 것이다. 가슴이 콩닥콩닥 뛰며 눈물이 났다. 별은 눈물을 닦고 공동 현관으로 향했다. 집에 가면

솔한테 미래에서 만나자고 멋지게 말한 뒤 현재로 돌아올 계획이었다. 이런 생각을 하며 가는데 갑자기 머리 위로 화분이 떨어졌다. 별은 비명을 지르며 쓰러져 정신을 잃고 말았다. 잠시 후, 바닥에 떨어진 핸드폰 바탕화면 시계가 4시 29분에서 막 30분으로 바뀌었다.

케이크를 든 엄마가 현관문을 열고 거실로 들어섰다. 부엌에 있던 솔이 얼른 달려왔다.

"엄마, 늦게 오신다더니 빨리 오셨네요?"

"응, 이모가 빨리 와서 말이다. 솔아, 뭐 하고 있었니?"

"떡볶이 만들고 있었어요. 제가 가장 자신 있어 하는 요리 중 하나잖아요."

"별은?"

솔은 얼른 방으로 가서 문을 활짝 열고 큰 소리로 별을 불렀다. 별은 눈을 번쩍 떴다. 자기 방 침대에 누워 있었다. 별은 잠시 어리둥절하다 기억을 떠올렸다.

'과거로 돌아가서 하윤이에게 옷을 전해 주고 돌아와 공동 현관으로 가다가 뭔가에 머리를 세게 맞고 정신을 잃었어. 이제 현재로 돌아온 건가? 근데 왜 침대에 누워 있지? 혹시 그때 머리를 다쳐 몸이 마비된 건……'

별은 다리를 움직여 보려다 멈칫했다. 혹시라도 감각이 없을까 봐 겁이 났다. 그때 솔의 목소리가 들렸다.

"별, 어서 일어나. 어제 밤새워 책 읽어서 졸려 죽겠다고 30분만 잔다더니, 한 시간이나 지났다고! 엄마가 케이크 사 오셨으니까 생일 파티하자."

솔의 말에 별은 벌떡 일어나 앉아 팔을 뻗어 보고 허공에 힘차게 발차기를 해 보았다. 아무 이상 없었다. 별은 침대에서 뛰어내려 솔한테 달려가 와락 끌어안으며 소리쳤다.

"와, 내가 해냈어! 해냈다고! 솔이…, 솔이 정말 우리 곁으로 돌아왔어!"

"내가 언제 어디 갔었니? 요즘 너 이상해. 걸핏하면 껴안고 좋다고 하는데 징그러우니까 그만하라고! 그래도 자기 일은 나한테 미루지 않고 알아서 하니까 좋은 변화긴 해."

솔이 이렇게 말하며 별을 밀쳐 내자, 별은 깔깔깔 소리 내 웃으며 또다시 솔에게 달라붙었다.

엄마와 별, 솔이 음식이 가득 차려진 식탁 앞에 앉았다.

"아빠는 출장 중이니까 오늘은 우리끼리 생일 축하하자."

별과 솔이 손을 꼭 잡고 케이크에 꽂힌 13개의 촛불을 껐다. 별은 이 순간이 꿈만 같았다. 솔과 함께 13번째 생일을 맞다니,

너무 감격해서 눈물이 났다. 별은 얼른 눈물을 닦고 밝게 웃었다.

엄마가 선물을 내밀었다. 별이 먼저 풀어 보더니 실망한 듯 말했다.

"에이, 시시하게 헬멧이잖아."

"얘는…, 이게 시시해? 너 작년에 당한 사고 벌써 잊었니? 9층에서 실수로 떨어뜨린 화분에 머리 맞아서 정신을 잃었잖아. 솔이 씌워 준 헬멧 덕분에 이렇게 멀쩡한 거라고. 그때만 생각하면, 아… 지금도 심장이 떨려. 저번에 보니까 헬멧이 너무 낡았더라. 이번엔 안전과 디자인까지 신경 써서 패션 헬멧으로 고른 거야. 헬멧이랑 솔이 네 생명의 은인이라고, 은인!"

별은 사고를 당하고도 무사한 이유를 알겠다는 듯 고개를 끄덕였다. 곧 헬멧을 쓰더니 솔을 꽉 안으며 말했다.

"솔아, 정말 고마워! 넌 역시 내 소중한 반쪽이야."

엄마는 셰프가 꿈인 솔에겐 요리책을 선물했다. 솔은 환하게 웃었다.

다음 날, 별과 솔은 공원에 갔다. 솔이 장미 정원에서 사진 찍기에 푹 빠져 있을 때 별은 얼른 헌책방으로 달려갔다. 하지만 헌책방은 흔적도 없이 사라지고 없었다.

"서령님, 신비한 책을 빌려주시고 간절한 소망이 이루어지는 기적을 선물해 주셔서 정말 감사해요. 앞으로도 수많은 책이 저와 함께할 거예요. 제 이야기도 해피엔딩이라 너무 행복해요."

별은 그 자리에 서서 큰 소리로 외치고는 다시 장미 정원으로 향했다. 솔이 보이자, 이름을 불렀다. 곧 두 손을 높이 들고 흔들더니 함박웃음을 지으며 솔을 향해 달려갔다. 진한 장미 향기가 부드러운 바람을 타고 공원 전체로 퍼져 나갔다.